天下文化

BELIEVE IN READING

再見爸爸

我與父親的真情對話

賴以威 著｜張睿洋 繪

名家真情推薦

讀著以威老師心中映射出的點點滴滴，感動之餘也引發我心中被封藏的回憶諸多小事。生命就是這樣，相知、相惜、相伴、相守後離別放手，擁有的，是那些回憶裡的溫度和愛。在數學教育背後的脈絡，感動和愛，等你來翻開。

——林怡辰／國小資深教師、閱讀推廣人

這本書是賴以威老師思念父親與追憶父子相處時光的作品。字裡行間可見作者對父親的崇拜與不捨，與父親之間亦師亦友，是親人也是競爭對手。父親的身教與言教，不知不覺滲進了作者的骨髓，成就了他的志向與抱負。這本書讀來親切、溫暖，佐以作者的絕妙文筆，更能引人入勝、引發共鳴。同時，也提醒著我們，珍惜與身旁親人相處的每分每秒。

——**陳志恆**／諮商心理師、暢銷作家

《爸爸，再見》生動記錄了賴以威與父親之間的深厚親情和珍貴回憶。這本書不僅是個人回憶錄，更是關於愛與成長、失去與珍惜的動人之作，讓我們體會到親情的珍貴，感受到時間的飛逝，提醒我們珍惜與家人共度的每一刻。

——**黃貞祥**／清華大學生命科學系副教授、GENE思書齋齋主

這是一本追憶父親的作品，每個回憶片段中都蘊含著親子相處的反思和學習心態的引導。在賴以威老師樸實而真摯的文字中，如同他所說，這些回憶釀成了一甕醇厚的美酒，焗烤成了一份濃郁的情感，同時展現了一種既是延續又是開創的父子關係。

——**黃國珍**／品學堂執行長暨《閱讀理解》學習誌總編輯

賴清德總統跟父親賴朝金先生，共同存在世上的天數，只有短到令人鼻酸的一百天。杜祖智醫師跟父親杜聰明博士，共同存在世上的天數，達六十二年。父子緣深緣淺，好像操之在天。無論命運，無論出身，我們每個人都可以從父親留下的故事自我啟發，嚐苦嚐甜。

——**楊斯棓**／醫師、《要有一個人》作者

開始看這本書時，我常心有戚戚焉的笑出聲，然而，讀到最後，已數度淚目。賴以威老師的細膩文筆，捕捉了嚴教背後的關愛，以及那些需要歲月才能理解，但永遠不嫌晚的普世教育價值。真摯推薦給所有為人父母的讀者朋友們。

——**劉軒**／作家、正向心理學家

「孩子長大後會怎麼想起我？」我有時會這麼想。透過以威的回憶，可以讀到一位雖嚴謹卻也慈愛的父親形象。情境雖不同，卻是所有為人父者的共同想望。

——**蔡宇哲**／哇賽心理學創辦人兼總編輯

在軍中得知父親過世的第一時間，我沒有哭。向來自認理性冷靜的我，有如莊子般泰然處之。但是，當輔導長問起緣由，我竟在說出「爸爸過世了」這幾個字時，眼淚潰堤而出。至今，我仍不明白當時為何止不住情緒。或許，只有在對他人述說之時，才是真正需要面對自我的時刻。我很羨慕以威老師的回憶勇氣，在他的故事之中，我見到了自己的父親。

——**謝伯讓**／腦科學家、知名科普作家

（按姓氏筆畫排列）

目錄

推薦序

最自然的言教與身教

闕志達、王濟華

在台大電機系任教超過二十年，我教過數以千計的學生，這些升學競爭中的佼佼者，有著共同的優點，就是聰明和用功，這是學校教育的成果；也有著不同的人格特質，有的沉穩踏實、有的活潑好動，這是家庭教育的影響。而我相信最終左右個人生涯的關鍵，在於後者——學校教育永遠無法取代家庭教育。同樣身兼老師和家長，我深深能體會，本書主角賴雲台先生對家庭教育的用心，也敬佩賴雲台老師對數學教育的熱忱。

本書作者賴以威，是我在台大電子所指導的研究生，他在二〇〇六年申請到德國學術交流協會獎學金，赴德國阿亨工業大學擔任交換學生一年，並於二〇〇八年再度赴德深造。我雖然一向鼓勵學生選擇自己的路，不必人云亦云，處處追隨前人的足跡，但以威的決定仍讓我有些意外，因為電機系同學大多進入業界工作，即使深造也少有人選擇歐陸國家。以威克服語文的障礙，勇敢選了一條較少人走的路，最終也得到其他人意想不到的收穫。

最令我感到欣慰的是，以威認真負責的工作態度，在講究嚴謹的德國獲得肯定。書中提到德國教授曾表示，會在一年交換結束後，再度邀聘以威擔任研究員，主要是因為他在擔任助教期間，主動推導、檢查了上百頁講義裡的每行公式。我曾苦口婆心在課堂上要求學生謹慎、甚至該敬畏地看待每一份報告；從小到大，學校裡每個階段的老師，大概也都曾耳提面命，要學生凡事盡力。

但是，真正銘刻於孩子心底、在關鍵時刻自然展現出來的，還是父母從小不斷的言教和身教。以威在書中寫下很多與父親的互動和感悟，其中種種固然是父親與兒子之間的親情流露，卻也是老師與學生之間的比劃過招。希望每一位看過本書的讀者，都能從賴爸爸的教學實錄中得到啟發。

賴爸爸的數學教學理念，也相當令人感佩。台灣中小學學生的數學程度一向傲視全球，我們自豪的電子產業也是植基於此。但是，台灣的數學教育卻不能讓孩子產生足夠的自信，從街巷林立的數學補習班就可略見端倪，耀眼的成績其實是投注無數精力在補習班和參考書裡苦練出來的。如果把數學這個科目自升學考試中移除，還願意繼續研習數學的孩子，恐怕為數不多了。數學幾乎是莘莘學子的共同夢魘，孩子還來不及發現數學的趣味，就先被無數的考試倒盡胃口。或許你我身邊，就有因為考試而被埋沒的優秀數學人才。

所以我相當贊同賴雲台老師以趣味為出發點的教學理念，讓孩子在沒有利害關係的情況下接觸數學。以分數為誘因，孩子會努力研讀數學；但以興趣為媒介，孩子才可能主動接觸數學、喜歡數學。深切盼望我們的孩子都能從數學的噩夢中醒來，發現數學其實是有趣的動腦遊戲。

十五年的時間，讓以威從一個青澀的博士生，長成一位教授和兩個孩子的父親，並追隨父親的腳步，走上數學科普之路。以威父子之間的深情令人極為動容，即使在父親離去多年之後，留下的言教和身教，仍能在以威面臨困難時給予指引提點，一生受用。這就如同深埋在地底深處的根，年年抽新芽，心裡有記憶，離開的人就永遠在那兒活著，陪伴著。希望以威能帶著父親的愛與夢想，在數學科普的路上、在為人父親的所有時刻，永遠享有父親溫暖的祝福。

與生命中最重要的人，永遠不會分離。

（本文作者為台大重點科技研究學院院長、作者指導教授，以及作者師母）

作者序

記得，永不分離

二〇一〇年六月

我要說的是，人生乃一道由各種情感交錯堆疊而成的千層麵。原料來自人與人之間的互動，朋友、情侶，或是家人；相逢、相守，或是相別。千萬種選項形成億萬個組合，如同各套食譜。然而其中那些化作回憶、觸碰到心弦的感受，卻是不變的。

我想起寫這本書前的某天下午，整理物品時，在爸爸櫃子裡找到一個牛皮紙袋，裡面放了一幅我國小的美術作業。那是用蠟筆來回塗出，一棟拙劣的尖頂磚瓦房，身形巨大的父母站在房子前，中間牽著我們幾個小孩子。手拉手的一家人像是排成一列的一串串糖葫蘆，每一串的臉上都掛著兩團黑溜溜的眼睛跟一張半圓形的嘴巴。

當初畫好後隨手一扔，卻被爸爸珍藏起來，一直到了今日。

那個紙袋裡還有許多類似的畫，或是每年爸爸生日時，我們做的手繪卡片。一張張對摺的卡紙，正面下緣剪出一道可以打開的門，裡面寫著歪曲的——

「爸爸，生日ㄎㄨㄞˋ樂。」

我怔怔地看著自己小時候的作品，出了神。畢卡索也不會像我一樣這麼耽溺於自己童年的藝術天賦吧。

當然，不是因為畫作本身。我是望向那藏在混亂筆跡中的時光鏡子，它倒映出十幾年前年輕的爸爸，帶著微笑欣賞這些作品的表情。

聽過「銘印現象」嗎？小鴨在出生後，會將第一眼看到的生物當作母親。

某人鐵定誤解了這個理論，以為必須讓小鴨持續看到自己的爸媽，才不會轉頭跟一條狗跑了。就這樣，爸爸比跟蹤狂還要亦步亦趨地陪伴在我們身邊。

冬天，他寬大粗糙的手像暖暖包一樣熱呼呼的。

夏天，當我吐著舌頭喊熱時，他會破第一萬次例，帶我去吃冰。

「不可以跟你媽說喔。」

儘管銘印現象的有效期限早過了，但這樣天天集訓般相處，讓父子間的故事像梅雨季的水壩，蓄滿了一整個山谷的水。水氣蒸發後凝聚在上方，化作摸不著、卻感受得到的溫熱親情。

那時候的我還很小，興致來了可以坐上爸爸的肩膀。

現在的我比爸爸高了一點，而他人呢？

「去年今日此門中，人面桃花相映紅；人面不知何處去，桃花依舊笑春風。」

兒時光陰緬懷起來總是特別美好。反之，與爸爸分離的最後一個月，迄今回想依然會有一股嘔吐的衝動，想將所有傷痛從受創的靈魂深處全部釋放。

晴天霹靂接獲了爸爸罹患肺腺癌末期的噩耗，從德國趕回台灣時，爸爸依然提起精神到機場迎接我。他說是為了讓我放心，他說他根本沒有感覺那麼嚴重，他甚至問我請假幾天，可別耽擱了學業。

我才不理會這種分不清輕重緩急的提醒呢。

最後，說來諷刺，的確沒有耽擱到什麼學業，因為才短短一個半月，原本還在家裡爽朗笑著的爸爸，已經在加護病房，沒有跟大家道聲晚安便沉沉睡去。

那是那陣子以來他睡得最長、最安穩的一覺。

很多長輩說，這樣的離去其實是幸福的，因為爸爸沒有遭受太多痛苦。

「只是苦了留下來的家人，沒有做好準備，捨不得啊。」

我無法完全接受這近似寬慰的說法——這需要累積一定人生智慧後才能豁達領悟的說法。但至少我學到，很多事情不管你接受不接受，都會發生。

看似幸福的人生，原來竟然如此脆弱，可以像軟化的冰淇淋，隨便一挖就出現個大窟窿。

很多問題也不像工程領域中存在所謂的最佳解，有時候，甚至無解。

回到德國，不知情的房東關心地問爸爸的狀況好點沒，我聳聳肩，講出早已準備好的台詞：「At least, he is not suffering anymore.（至少，他現在不會再受苦了。）」

眼淚忽然無可抑制地順著臉頰往下流，那是父子親情，凝聚而成的水珠。

人的一生得到很多，但最終都將陸續化成無奈，消失在虛空當中。

只留下腦袋瓜子裡的那盤千層麵。

據說人腦內有一種機制，會讓痛苦的回憶像皮膚上的傷口一樣逐漸封閉癒合，只留下一條淡粉紅色的疤痕，而那多餘的空間，就讓快樂的記憶像氣球似地充大，滿溢在整個大腦之中。

如果不這樣，許多人終將抱著鉛塊般的沉重往事度過餘生。

真不愧是萬物之靈，連無法控制的部分都那麼聰明體貼。

但我不想這樣，縱然放棄悲傷的沙袋或許能讓快樂的熱氣球上升，但同時，也意味著將與過去的某部分從此分離。

我希望能盡力保留住各段瑣碎的、關於爸爸的記憶剪影，管它什麼口味、什麼形狀，都能持續地停留在我心中，像一甕女兒紅放在某個角落釀著，偶爾過去掀開，深深吸一口氣，可能被嗆到咳嗽直冒眼淚，也可能嘴角上揚地細細品嚐。

於是我將與爸爸二十七年來短暫有如白駒過隙的相處時光，挑出腦海中閃過的有笑有淚的片段，放進烤箱內焗烤。

叮——

熱呼呼而濃稠的起士，如同我們父子無法分離的情感，金黃色的表皮透露著我對父親的景仰，而那股充斥在整間房裡的香味，那份思念——

我打開窗戶，希望讓它飄到更遠的天邊，讓父親也能聞到。

。。。

二〇二四年六月

老爸不在身邊已經十五年了。

我小時候完全無法接受這樣的未來，半夜想到還會哭著爬起來。

「我不想長大。」

「好，那就不要長大，我會一直陪著你的。」

當時，我明明知道是謊言，但從老爸的口中說出來，彷彿就一定會實現。

騙人。

時間不會停止，推著我們繼續往前走。

爸爸，我拿到博士學位嘍，當年還不是衝著你那句「如果我們家出一個博士，那祖墳都要冒煙了」，才努力向學。現在，我拿到學位啦。

爸爸，我出了第一本書《再見，爸爸》喔。你當年說我寫的網誌很好看，但叫我不要只寫自己的事情，要讓更多人有共鳴，才能當作家。我有聽進去，所以改成寫我們的故事，哈哈！

爸爸，我要在報紙上開始連載數學專欄喔。說不定以後書店的架子上，會擺著我寫的科普書！

爸爸，我認識一位女孩叫珮妤，我想和她結婚。

爸爸，我要當爸爸了。

爸爸，麻煩你好好幫我照顧樂樂了。

「來，跟阿公說晚安。」我牽著君君、悅悅的手，對著老爸的相片說晚安。

十五年過去，我多了「爸爸」的身分。每天早上送兩個孩子上學，然後回到我的工作崗位，就像當年老爸坐在客廳沙發上手寫教案那樣，想辦法要讓更多孩子喜歡數學，學好數學。

晚餐飯後，我看著客廳忍不住唸人。

「去把你們亂丟的玩具收好。家裡不要這麼凌亂，到時候玩具都找不到。」

兇歸兇，我其實有些心虛，畢竟說起亂丟東西，君君、悅悅距離當年的我還是差得遠呢。

收拾完畢後，君君在我身邊爬上爬下，用盡各種手段干擾。其實工作好多，都做不完了，但我還是離開書桌去陪他下棋。

好啦好啦，爸爸，我知道你要說什麼。報應對吧，誰叫我小時候也像這樣不讓你寫字典。當爸爸有多麼不容易，我知道，我知道了。

慢慢地，我意識到原來老爸沒有完全騙我。雖然我終究長大了，可他依然信守諾言，一直陪著我——

偶爾在夢裡出現，讓我重溫一段當年的父子時光。

或是來一場「父女七日變」，只不過是我變身成老爸，重複做著當年他做過的所有照顧與教育，把當年他說過的教誨與嘮叨再照本宣科一次。

如同當年老爸陪伴我那樣，如今由我陪伴著君君、悅悅長大。

對了，爸爸你知道嗎？這幾年有所謂的「生成式人工智慧」。科學家發現，經過大量數據訓練後，電腦可以近似人類般地應對互動。

我早就體驗過這樣的技術了。

父子相處，二十七年下來，我腦海裡留存了大量的影像、文字、聲音紀錄，讓我每當完成任務，都可以跟你分享喜悅；每次遇到大事，也可以跟你討論，知道你會怎麼回答。

就像「可可夜總會」裡說過的，只要有人記得我們，我們就永遠活著。

謝謝你一直陪伴著我，就算日常生活中我們不再見面了，可是你永遠活在我的心裡，爸爸。

前言

最後一場演講

老爸離開了。

我們畢竟不是活在童話故事裡，這世界沒有那麼多的奇蹟。話說回來，與老爸一起生活的這二十七年，就已經是我一輩子難以忘懷的奇蹟與回憶了。

可惜的是，最後幾年，我因為學業的關係長期在德國生活，沒辦法像以前一樣和老爸朝夕相處，只能透過網路，互相加油。為我的學業，以及老爸的夢想加油。

因為懷抱著編撰字典的夢想，老爸在國小教書一滿二十五年就退休，過著在家寫字典的日子。從小看到大視為理所當然的事，現在一想，倒不清楚老爸是怎麼開始的。似乎是某次受委託修訂教材時，發現同一個字在不同字典裡竟有截然相異的解釋，總是喜歡追根究柢的老爸，就這樣鑽研起來。

沒過幾年，負責籌辦台北市立新生國小的老同事，邀請原本教自然科學的老爸幫忙設計理科教學環境。他對教育仍懷有熱忱，蒐集了一大疊數學遊戲後，又這麼一頭栽進了趣味數學的研究領域。

從新生國小開始，一步步擴展到在台中科博館與台北科教館等地舉辦研習活動，後來甚至還代表台灣去參加數學論壇。每次聊起這個話題，我都可以看見老爸的眼神中散發出光彩。

「誰說追逐理想是你們年輕人的權利，老頭子也可以啊！」爸爸笑著說。

二〇〇八年，在那個社群平台還不興盛的年代，《聯合報》刊登了一篇老爸推廣趣味數學的報導，引起一些學校、老師的興趣和注意，加上先前舉辦研習營時發現教育資源嚴重分配不均，老爸開始思考——

「能讓一位老師知道我的理念，等於讓至少一整個班級的學生受惠。比起教一個學生，當然效果要大多了。」

「但那只是理想狀況，很多孩子現在就需要，哪能等你去把老師召集過來，讓老師慢慢學，再教學生呢？」

因為想要照顧到更多孩子，尤其是弱勢偏遠地區，老爸展開了下鄉之旅。一整年下來，除了花東還來不及造訪，幾乎各縣市都有他的蹤跡。但，或許是太操勞了，二〇〇九年七月初在台北市東門國小演講完後，當晚他因身體不適被送進急診室。經過兩天的診斷，判定是肺腺癌末期。

一接獲這個消息，我立刻請長假，從德國趕回台灣。

「樹欲靜而風不止，子欲養而親不待。」

國中時像嚼橡膠一樣硬吞下的古文，如今卻像咒語般在腦中盤旋不去。儘管，視訊裡的老爸看起來神采依舊，但任誰都明白癌症末期的嚴重性。

我一直以為死亡距離很遙遠，至少不可能發生在周圍的人身上。誰知道它就這樣大剌剌地，光天化日下闖進來，忽然橫眉冷眼的站在我們面前。

然而，我猜疾病也一定對老爸充滿問號：「這傢伙怎麼還不好好養病來對付我，成天跑來跑去？」

在我上飛機前的最後一次視訊通話中，老爸笑笑地說：「等我把數學和字典稍微處理一下，有著落了，再開始認真治病。」

真是皇帝不急，急死太監。我了解到，自己回家去，不單為了陪在老爸身旁，更要拉著他專心養病，別再四處奔波。

只是，爸爸屬虎，我屬狗。他總說：「虎父無犬子，怎麼剛好就這麼巧呢？」而犬子終究是拉不住虎父的。到後來，反而是我被老爸帶著，到處奔走做最後的理念推廣，尋找能託付理想的老師。

老爸最後一場演講的景象，成了我人生中的儲存點。不論在何時何地，只要閉上眼就能穿梭時空，回到當下。

。。。

我生氣地看著前方，縮在椅子上咳到臉紅的老爸，頸部青筋猙獰地浮現，拿著衛生紙捂嘴的右手臂上繞了一圈白色繃帶，是剛剛打完顯影劑後止血用的。

我們在亞東醫院剛做完電腦斷層檢查，下午要去鄰近的中山國中對台北縣數學輔導團演講。那是老爸剛知道生病的隔天，立刻跑去台北縣教育局推銷自己的教學理念所換來的一場演講。聽說當天他接連跑了教育部與台北縣教育局，還因此取消了原本就診的行程。

老爸一向強韌的意志力，在生病時反而不斷損耗著他的身體，這樣矛盾的劇本在我眼前上演了快一個月，我的負面情緒像吹氣球一樣每每漲大，旋即又因心疼他的虛弱而消退。

這次的演講是前一天才臨時告知的，老爸卻爽快答應！我感覺自己已經逼近憤怒的臨界點。

為什麼不肯好好養病，反而在生病之後把行程排得更滿呢？這根本是本末倒置。

中午一點多，我跟老爸、叔叔在中山國中的教室休息。三個人蜷著腳，縮在中學生的課桌椅裡趴著午睡。電風扇的聲響和蟬鳴反襯出夏日午後的寧靜。我想起半小時前，我們還在爭論要不要先打電話給輔導團老師。

「約好是下午兩點，就不要提早那麼多時間到，給人家添麻煩。我們在醫院大廳休息就好了。」

「醫院不乾淨，你如果感染了怎麼辦？醫生強調千萬不可以被感染的。早點過去又不會怎樣，哪有差啊！」

都到這種關頭了，還在意這些小事。我感覺腦袋裡的水閘被打開，對老爸的不滿一股腦地宣洩出來。

咚！

睡到一半時的跌落感，讓我從睡夢中驚醒。沿著橫越過手臂的視線，我看到老爸低頭皺眉坐著，雙手慢慢地撫摸著膝蓋。

「……不舒服嗎？」

剛吵完架，我的關心中帶著點生澀。

「各位老師、前輩大家好。」

麥克風放大了老爸的音量，以及他的虛弱。

相似的場合，這兩週已經有四場了。前一次是到教育部報告，那時老爸還不需要麥克風，不會用雷射筆的他也還有精力在投影幕前走來走去。那次中央輔導團的老師們很感動，紛紛提出建議。

「我下個月在三峽全國教師研習營有個演講機會，不如讓給賴老師吧。」

「我們可以招募有興趣參與的老師，直接在賴老師家附近辦個小型的研習營。」

老爸笑得很開心，不斷提醒我抄下老師們的聯絡方式。行事曆滿滿記著從八月十一日開始的高密度行程，平均每週兩場演講，我不禁擔憂起爸爸的身體能否負荷得了。

問題是擔心也沒用。老爸說我們家每個小孩都很固執、講不聽、有自己的意見。我倒覺得，把所有人的固執加總起來，差不多才是老爸的程度吧。

我環視教室，約莫十幾位老師來參加。當時還不流行上課滑手機，放眼望去，只見有位老師低頭用筆電做自己的事。

我瞥向老爸。他一定看到了，卻毫不在意，依然笑嘻嘻地賣力演出。

我又想起前幾次的演講或訪談，儘管大家都很樂意幫忙，但那樣的善意底下，卻彷彿隱藏了一堵溫柔的牆，讓老爸碰了一鼻子灰。

「賴老師的教法很適合資優班學生，或是辦趣味數學營隊。」（翻譯後是：「賴老師的教法對於一般學生是否適用，還有待評估。」）

「我們可以替賴老師辦研習營。」（「現在也只能替賴老師辦研習營，不可能全面地將這套方法，透過正式管道直接引進學校。」）

這不是誰的錯，沒有人能在短期內改變教育方針，對於這點，跑過很多學校的老爸比誰都清楚。但我的心情和老爸不一樣，有一兩次，拜訪的教授或老師表明無能為力，我反倒暗自開心——

或許這樣，老爸就會放棄不切實際的想法，好好養病了。

我邊看老爸有點受傷的側臉邊偷偷想著。只見他抽動嘴角苦笑了一下：「教授說得沒錯，我知道這是螞蟻撼樹、愚公移山。不過，總得有人當第一個愚公吧。」

我真是低估他的固執了。

那麼，我又為何會這樣放任他繼續在台上賣力演出呢？他咳嗽的時間都快超過說話時間了！

屏幕上出現「貓捉老鼠」單元，這個遊戲當初我是先玩輸老爸一次之後，才知道原理。

「博士生也不過爾爾嘛。」那時老爸很得意地羞辱我。

果然，一陣陣「咦，真的吔！」的聲音從台下冒了出來。

老爸像用惡作劇騙倒一堆人的小孩子，促狹地在旁邊笑著，示意大家先想想看，他再公布原理。

那瞬間，我頓時了解——

原來有一部分的我，只是自私地喜歡看見爸爸在台上開心的表情，喜歡他和生病之前一樣開朗的笑容，才陪著他繼續出來演講。

演講進行到一半，老爸終於承受不住一早的奔走，再變兩個繩結魔術後，他向老師們連番道歉，坐下來休息了。

輔導團的一位老師熱心地想著推廣方法：「賴老師有沒有考慮過把趣味遊戲直接和課程結合，然後編寫教材？這是最快最有效的，可以讓第一線的老師立刻用到。」

原本坐著喘氣的老爸，聽到後忍不住又站起來回應。

「謝謝老師的建議，我也知道這是最快的方法。但我怕這樣做，老師們會因為有教材，反而扼殺了自己創新的空間。」

「趣味數學最重要的就是要有創意。我擔心光編教材無法讓老師們體會我的想法，反而只是照本宣科地教孩子。自己沒有想法，又怎麼能激發學生的創意呢？所以我才想這樣面對面地討論……」

「我們說不要給孩子魚吃，要給他們釣竿。這套趣味數學的教法不是更該如此嗎？我們也只能給老師們釣……」

說到「竿」這個字的時候，忽然，不知道為什麼，老爸像電視被消音一樣發不出聲。所有的人，連老爸自己都愣住了。他吸了口氣想重新說話，卻依然只見嘴巴動了一下。

在場的老師，或許不一定認同這樣近乎唐吉軻德式的理念，但在當下，所有人都全神貫注望著老爸，等他把話說完……

老爸搖搖頭苦笑著：「奇怪，為什麼這個字講不出來。」

應該是這個字最需要用肺部施力吧。

他又用力吸了一口氣——

「釣竿。」

看著老爸總算把話講完，鬆了一口氣露出笑容，那表情像根針，把我從早累積起的憤怒氣球徹底洩掉，只留下不捨與無奈。

晚上十點多，從爸爸房間裡持續傳來的咳嗽聲，忽然停止了好一會兒。我走過去探看，只見他低著頭盤腿坐在地上，跟今天中午在教室裡一樣，蹙著眉心，嘴角不自覺地下彎。生病後獨自一個人時，爸爸總會露出這個表情。

「在想什麼呢？」

我坐到他身旁，順著脊椎骨往下按摩他的背。

「錯了，今天下午講太多了。我那麼強勢地主張自己的意見，會引人反感。」

「你看你又來了，都什麼時候了，還那麼在意別人的感受。不會啦，那些老師才不會因為這樣就不高興。」

我笑著回他，稍微加強力道，拍了幾下他的背。

爸爸沒有說話。

要站在別人的立場思考，這是小時候爸爸告訴我的做人處世之道。他教我的道理，自己也絕對是身體力行。

父親的身教像螢光筆一樣，在我心中一再畫下每項該注意的重點，也像他所說的——

「我只給釣竿。」

。。。

幾天後，爸爸便因為身體無法負荷，取消原本安排好的行程，緊急住院了。

第一天晚上，我們在急診室度過，他因為戴上氧氣罩總算能好好入眠。看著爸爸的面容，我心裡不禁想著——

從某個角度來說，爸爸沒生病，他的意志比任何時候都還要硬朗。

小時候我們很希望趕快長大，因為長大才有能力去做更多事情。等到長大後才發現，就算成了能摘下月亮的超級大人，卻也無法回到過去，回到那個事事需要幫忙、事事有人依靠的孩子。

幸好還有回憶，它像台快門壞掉的傻瓜相機，任性地拍下各個生活片段，讓我們這些無法回頭的成人，可以在夜深人靜時把這些片段拿出來，在月光下獨自把玩。

我闔上雙眼，腦海裡浮現當年那個才到爸爸胸口的我，以及總是爽朗地笑著、動不動就愛趁機講道理又愛開玩笑的爸爸。

我們兩個坐在客廳的沙發上閒聊著……

原來，兒時的平淡生活是如此溫暖，卻又耀眼地讓我睜不開雙眼。

第一篇

記憶的遊樂場

小時候，爸爸替我們家四個小孩一人準備了一本相簿，告訴我們要把屬於自己的相片好好收起來。每次出去玩的相片洗好後，我跟姊姊總是在客廳爭吵著這張對焦在誰身上，那張又該歸誰。

長大後重新翻出相簿來仔細看，才發現跟爸爸的合照少之又少。

因為爸爸總是那個站在相片外面的攝影師，負責把我們的傻笑從流動的時光河流中舀起。

平常的生活也是這樣，從我們出生那天起，爸爸就退居到幕後，把舞台讓給我們。他選擇在看不見的地方默默為我們付出。有人說，小孩總是成天繞著父母轉啊轉的，但其實大多數時候，是父母彎腰追著小孩那宛如米其林般胖嘟嘟的身影跑。

爸爸的照顧像空氣或陽光一樣，讓我們身在其中渾然不覺，唯有等到失去的那一瞬間，才曉得他的重要。

兒時回憶中的我總是擔綱主角，年輕的爸爸則是配角——

是一位教導主角該如何在人生舞台上演出一齣好戲的最佳配角。

客廳遊樂園

兒時的客廳是座夜間開放的遊樂場，主要的工作人員只有一位，身兼售票員、發氣球的人形大布偶、遊戲關主、換贈品的大叔；此外，還得負責牽著我的手入場——他就是我的老爸。

或許因為是家裡唯一的男生，上面有三位姊姊，某一次我在姊姊房間裡哭求著：「妳們都穿ㄍㄨㄣˊ（台語：「裙子」），我也想穿。」老爸聽到之後戒慎恐懼，抱著「絕對不能讓這孩子也變成姑娘家」的傳統父母心態，每天晚上陪著我在客廳玩耍。

我們會下大盤象棋。

「炮二平五。」「包二平五。」

偶爾也下五子棋。

「三。」「雙活三。」「三四！」

爸爸常在睡前摸著我的頭說：「你是我們家的長子、長孫。以後賴家傳承的重責大任就落在你身上了。」

我們家是外省第二代，全家族只有爺爺、奶奶遷來台灣，赤手空拳打拚，養大爸爸、姑姑和叔叔們，因此家族向心力格外強烈。

「你名字的含意就是賴家將以你揚威，出自〈正氣歌〉裡的『地維賴以立，天柱賴以尊』。」

我看著若有所思的老爸，心裡有些納悶。

「可是，剛剛這十個字裡沒有『以威』啊？」

爸爸遲疑了一下，囁嚅著說：「我怕……給兒子取個一粒兩粒的名字，你在班上會被同學嘲笑啊。」

。。。

一心要讓我名符其實的老爸，在各個環節下足心思教育我。例如，看似平淡溫馨的親子對弈，其實別有用心。

象棋有輸贏，可以培養小孩的好勝心、企圖心，為此老爸還訂了罰則。

「倒棋了。去削水果吧。」

我默默看著自己整盤棋只剩一隻孤伶伶的老帥站在中間，兩邊是老爸的兩隻小卒，對面還有他刻意歸位排好的幾隻車馬。

「這個羞辱我一定會還給你！」

「我要蘋果喔，快去。」

因為輸太多次，我在廚房裡以不符合年齡的成熟刀法，快速削好水果，端出去再戰一盤。

一個晚上，有時候輸太快，整座冰箱的水果都削完，擺在玻璃桌上像要拜拜。當然，這也可以解釋成，老爸其實是太想吃水果而下這樣的賭注。

象棋還可以鍛鍊小孩堅毅不拔、愈挫愈勇的精神。

「將軍抽車。」「抽炮。」「再將軍抽車。」「再抽炮。」

老爸勢如破竹、長驅直入，我被抽到臉都快要跟著抽筋了。眼看棋盤上的紅子兒愈來愈少，老帥又得要「孤舟簑笠翁，獨釣寒江雪」，我急忙求饒：「回手回手，回到你開始連抽之前。」說完便開始挪動棋子。

老爸愣在一旁，大概在納悶：怎麼痛下殺手，不但沒激勵我效法勾踐臥薪嚐膽，去廚房削水果，同時好好思考落敗原因再回來復仇，反而造就了一個主動往跨下鑽的韓信？

「記性倒是不錯。」老爸幫我把棋子擺回原位後說了一句。

「這次我讓你車馬炮吧。」再讓個三子。

儘管如此，「起手有回小丈夫」的情節還是經常上演。後來想想，這樣勇於嘗試錯誤，並且不恥於從頭再來的精神，說不定正好奠定了我日後選擇理工科系就讀的基礎？

終於，豁盡一個小學生能使出的所有無賴招數，我稍微能跟老爸拚個旗鼓相當，桌上的水果盤也從祭祖大陣仗變成了只有一盤氧化生鏽的蘋果，在老爸跟我之間推來推去，沒到最後一盤棋結束，誰也不敢吃。

國小五、六年級時，我加入學校的象棋隊，代表參加比賽好幾次。每次回來跟老爸眉飛色舞地分享比賽經過時，他總是低頭看著棋盤微笑說：「臭小子這麼得意，白天那盤贏了，晚上這盤就不要輸喔。」

從老爸揚起的嘴角中，我讀出了滿意的喜悅。

然而，遊樂場裡的我，偶爾也會有摔倒擦傷、坐在地上哇哇大哭的時候。那水果盤除了見證我跟老爸對弈的經過，也陪過我掉眼淚。

剛上國小時，某天回家，我在樓梯間問了老爸當天在學校裡學到的一個詞彙——

「爸爸，ㄎㄠˋ ㄅㄟˊ是什麼啊？」

老爸愣了一下，含糊地跟我說：「這是不好的話，不要去學。」

「那到底是什麼意思呢？」

「嗯……就是我哪一天這樣子，你就要ㄎㄠˋ ㄅㄟˊ了。」

老爸右手牽著我，左手食指伸出來對著空氣勾了幾下。他不想說清楚的模樣有些奇怪，反而激起了我的好奇心。我很大聲地喊著：「那我ㄎㄠˋ ㄅㄟˊ，ㄎㄠˋ ㄅㄟˊ……」

接著，我竟像唱兒歌般開始跳了起來，邊喊邊笑。「猴死囝仔」應該就是指我這個樣子吧。

「不准講！」

老爸忽然很生氣地瞪著我，放開我的手自己上樓了。

之後，我刻意找機會跟老爸聊天，但他都不理不睬。不知該怎麼辦的我忽然沒來由地，跑到廚房去削了一大盤水果，拿到在客廳看電視的老爸面前。

正當我暗自盤算著該怎麼賠不是——

「喔喔，謝謝。擺得這麼漂亮啊！」

老爸一如往常地笑著對我說，彷彿什麼事都沒發生過。

「對不起，我以後不會再說ㄎㄠˋㄅㄟˊ了。」眼淚隨著釋放的壓力，撲簌簌地順著臉頰流下來，一發不可收拾。老爸招手要我坐到他旁邊，我把盤子拿在手上，直挺挺地坐著繼續哭。老爸摸摸我的頭溫柔地說：「傻小子，爸爸哪會這麼容易就生氣。」

剛剛不是才生氣的嗎？我有種被欺騙，想大喊還我眼淚來的衝動。哭到一個段落，鼻子倒吸了幾下，老爸用左手臂環住我，輕拍著我的肩膀。

我抬頭說：「剛剛也算是ㄎㄠˋㄅㄟˊ，因為爸爸不理我才哭的。」說完，兩個人都笑了起來。老媽從房間裡走出來拿了片水果吃，看著我們父子說：「怎麼搞的，又哭又笑。」

在遊樂場裡笑得最開心的，就屬那次生日了。

那晚，老爸神祕兮兮地遞給我一張紙條，上面寫著有關禮物在哪兒的提示。題目是什麼，我早已忘了，只記得找到的不是禮物，而是另一張謎題，得破解出來才能拿到下一個提示。

一連破解了七八個謎題，好不容易找到禮物，我很興奮地跑回爸爸身邊，把包裝拆開來。

怎麼……是個熊貓造型的計算機？
記得當年很流行一種掌上型電玩，造型和那個計算機很像，叫做 Game Boy。老爸難道是想用可愛一點的 Calculator Panda 來代替 Game Boy 嗎？
但看到老爸笑得那麼燦爛，彷彿收到禮物的是他不是我，忽然間，我覺得就算是熊貓計算機也無所謂了。畢竟，我可沒聽過班上哪個同學生日時，有這樣一場精心設計的尋寶遊戲，附帶還在謎題裡加考了一堆詩詞和古文。
按著會「逼逼」叫的數字鍵，我彷彿聽見了爸爸對我的期許。
「逼」你背詩，「逼」你做家事，「逼」你打電動不能超過兩小時……
後來我找出一個用這個計算機來玩的遊戲：按下「1、+、+、1」之後，連續按「=」，熊貓會像被搔癢一樣逼逼逼地連叫，畫面上的數字也會一直累加……
聽著我跟姊姊在房裡邊玩邊笑的吵鬧聲，在外面專心寫字典的老爸，不曉得是怎麼想。他應該很開心吧，這一出生就生病、還在醫院住了好一陣子的小鬼，總算在他含辛茹苦的照顧下，變得如此活蹦亂跳。
多虧了爸爸。
。。。

還記得童年的我，每晚都纏著老爸說說笑笑，好像他在自己周圍施了什麼魔法，讓我一靠近便開心得不得了。睡覺時他會拍著我的背，直到我睡著為止。有時候他停住了，我扭一扭身子，那隻停在我背上的手又會規律地動起來。

這雙溫柔的手，悄悄地施行老爸的教育方針，朝他期望的方向開鑿渠道，我則不自覺地順著前進。長大後，當我們的關係變得平等，像是從小認識的好朋友一樣，老爸才開心地對我說：「民可使由之，不可使知之。」

「還有，唯女子與你這個小人難養也。」

多年來我都被蒙在鼓裡，真令人啼笑皆非。

然而，就像治水有疏濬和築堤一樣，在必要（也就是我脫序演出）時，老爸也會學起大禹他爹——鯀，刻不容緩地建起一道堤防，導正我迅速回到正確的河道上。那樣嚴厲的老爸來得快去得也快，當他發現我已經知道他為何生氣時，又會立刻回到平常的樣子，溫柔地安撫我，彷彿弄哭他小孩的是別人一樣。

得「禮」不饒「子」

如果回憶是台留聲機，除了能聽見我跟老爸的嘻笑聲，肯定還會有很多很多的說教。內容重複的說教，多到錄音機都要懷疑是不是不小心錄到同一段了。

「做人要懂得禮貌。」

「要有自制力，生活要規律。」

「講話一定要守信用，不能做到的不要亂答應。」

小時候，我對於能跟老爸一同參加學校老師們的聚餐是又愛又怕。愛的是既有好吃的，又可以被素不相識的長輩誇獎；怕的呢，是老爸往往前一秒還笑容滿面跟朋友作揖道別，下一秒踏進車門就像川劇變臉般，劉備變張飛——

「剛剛真沒禮貌，不先主動向長輩問好，還要校長來跟你打招呼。」

「嘴怎麼那麼饞，沒有人開動你就搶著吃，還夾了好幾塊。你把喜歡的都吃光，別人不用吃了嗎？」

日子久了，上車沒被罵一下反而渾身不對勁。

當時我常在心裡抱怨：「老爸這個愛面子的傢伙……」直到年紀夠大了，能區分「面子」和「禮數」之間微妙的差異後，才知道老爸重視的是後者。

面子是做給別人看，禮數是心中自我要求的一把尺。

。。。

曾經，我們姊弟之間跟很多家庭一樣，都是連名帶姓地稱呼彼此。直到某一天，老爸忽然像民國二十幾年的「新生活運動」一樣，定下許多新規矩。

「從現在起，小的叫大的只能叫姊姊，大的叫小的就只叫名不帶姓。」身為家裡最小的弟弟，從此只聽見我用著不情願的語氣叫著大姊、二姊、三姊，不小心叫了名字，立刻會被捏把臉懲罰。

純粹就機率而論，我最容易受罰。那陣子，我每天臉腫得像包子一樣。有幾次聽到朋友直接叫哥哥或姊姊的名字時，右臉頰甚至會隱約抽痛。

吃飯前要先說：「爸爸媽媽請吃飯。」全家人就定位才可以開動。

如果老媽還在廚房收尾時，有人忍不住動筷子，老爸那宛如日劇裡暴走族恐嚇男主角的表情，肯定會讓你食不知味。其他規矩還有：不准搭高架橋，別人夾菜時切不可伸手越過對方、交叉夾菜（我甚至懷疑我是先在餐桌上聽過高架橋，後來才在現實生活中看過）、喝湯不准發出聲音、不准狼吞虎嚥、不准把筷子插在飯上、不准用筷子敲碗、手不准撐在桌上、非必要不准站起來夾菜……

上館子時，老爸還會隨時注意每個人的碗，遇到太客氣的，他便會主動替對方夾菜，照顧到餐桌上所有人，讓大家都能盡情用餐。我最討厭同桌有比我小的小孩，因為老爸一定立刻把最好的料直接夾到他碗裡，免得讓我這個總愛說「哎呀，恭敬不如從命」的人得逞。

老爸常舉他當兵時的經驗為例：「我們以前在軍中吃飯，筷子只能直向橫向移動，板凳只能坐三分之一，現在這樣已經很給你們方便了。」我不想當兵，或許就是從那時候開始的。不過姊姊們更可憐，不當兵也得聽這種理由。

後來上國文課聽老師說，王安石不重視物質享樂，吃飯都只吃他面前的那盤菜，我心有戚戚焉地想：「絕對不是，他一定是被他老子要求太多餐桌禮儀了。」

要是我們家姓王，王安石的老爸跟我老爸一定有隔代大遺傳。

另一件老爸嚴格要求的事是「問好」。

出門前要跟父母告知：「我出去了，上午要跟A女約會，下午則是跟B女。」當然不需要交待得這麼詳細，不過基本上要去哪裡都得報備。

回家時，也要跟家裡的人一一打招呼。如果回來得太晚，地板已經擦乾淨了，那就只能跪著，像婢女做錯事一樣，用膝蓋一路蹭著地板進房跟老爺太太姑娘們請安，免得臭腳玷污了地板。

睡前一定要說：「爸爸晚安，媽媽晚安。」

要是老爸、老媽先睡了怎麼辦？

不用怕吵醒，該做的事就是要做。

小時候有陣子怕尿床，我常躺在床上沒幾分鐘就爬起來上廁所，而每次下床就得跑一趟廁所和老爸、老媽的房間。他們也從來沒嫌麻煩過，不管在幹嘛，睡著了也一樣，都會回一句：「嗯，晚安。」

好幾次跟老爸鬧彆扭，一整晚沒講話。但到了睡前，我還是會自然而然，像反射動作似地說一聲：「爸爸晚安。」

「好，晚安。」

老爸也一定會若無其事回上一句，冷戰就在應答間瓦解了。有時候我甚至懷疑，這是不是老爸精心設計的洩壓閥，讓我們從來無法把怒氣帶到隔天。

這句睡前的晚安，與其說是問候，到後來更像是種儀式。一個人在國外時，睡前我依然會對著空無一人的房間說聲晚安，就像日本人對著黑漆漆的家說「我回來了」，彷彿說完之後，就可以隱約聽到爸媽的回應。

還記得最後在加護病房，每個人輪流說些話向老爸告別，輪到三姊時，她輕輕地說了聲：「爸爸，晚安。」就像平常上床前隨口道晚安的語調。

雖然這聲問候第一次撲了個空沒得到回應，但我想那時候爸爸在朦朧之中聽了，或許，也覺得自己真的只是要睡了吧。

。。。

除了「禮數」，老爸也很要求我們「自律」——但說是「父律」或許更貼切一點。

國小低年級時，學校人太多，只好分成上午、下午班，隔週輪流替換。每當輪到下午班時，因為週一到週五上課的總節數較多，週六不用上學。兩週一次輪休的週末清晨，是我最期待的時刻，因為老爸不在家，可以睡到自然醒。

若是平常，哪怕是假日，只要時間一到，老爸就像人體鬧鐘一樣，會到每個房間把還在賴床的小孩叫起來。

「不要這麼委靡不振，我都去買菜一趟回來了，你還在睡覺。」

「日上三竿了，再睡一天都要睡完了。」

老爸喊人的方式也很像鬧鐘，是個超單調、間隔時間又超短的懶人鬧鈴。

「叫你們晚上睡覺就是不聽，早上才爬不起來。」

不只如此，「老爸鬧鐘」可是白天晚上都會響。只要過了十一點，老爸就要全家熄燈睡覺。有好幾次，我們試著先哄騙老爸進了房間，但不到一小時，他就衝出來直接把燈熄了。

「你們沒關燈我睡不著啦。」

後來，老爸索性用這個理由逼著大家按時作息。

「養成良好、規律的生活習慣，做事才會有效率。」

在高中之前，我從來不曾熬夜，回家後先睡一陣再起來夜讀，也會被唸。因此每當聽同學抱怨昨晚又熬夜念書到凌晨三點，我總是懷著有點近似變態的羨慕心情。

其他像是洗澡不准站著沖水，以免水花亂濺。

吃東西不准看書，以免把書弄髒。

不准用腳拿遙控器和關電扇。

看電視不准躺著看，更不准把膝蓋撐進衣服裡坐，坐要有坐相。

看電視不可以一次看太久，玩樂要懂得節制。

老爸雖然平常跟小孩相處毫無距離，但他立下了很多家規，一旦有人違反，他就會像少林寺戒律院的住持一樣，跳出來懲罰那些違規者。

老爸的禮儀標準，儘管我無法百分之百達成，但那些規矩就像貼在冰箱上的垃圾分類守則，在老爸不斷的要求與提醒下，我們很清楚哪些是不該做的、哪些又是得宜的。禮貌不是虛偽的表面功夫，而是尊重他人、營造愉悅相處氣氛的香水。

我即將出發去德國念書前，老爸特地去故宮選購了幾份小禮物，硬是塞在我的大同電鍋裡，要我帶給實驗室的其他同學。我覺得很彆扭，根本不打算把禮物送出去，盤算著哪天拿去跳蚤市場賣掉，賺筆外快。

一直到耶誕節前幾天，進實驗室時，發現桌上放著其他外國同學貼心準備的小點心或小卡片，我才想起老爸塞給我的那幾份禮物，趕快拿出來送給大家。從每個同學把玩禮物時臉上驚喜的表情，我才明白老爸是對的。

「有理走遍天下」，就算錯別字寫成「禮」字，也依然說得通。

。。。

「哎，爸爸，我問你一件事情。」

「要加個『請』，我是你的長輩，不可以這樣沒禮貌。還有，不可以用手指人，你在叫小狗嗎？」

「哎，爸爸，請問你一件事情。」

「嘖，都請問了還哎哎哎的。」

「爸爸，我想請問您一件事情，不知道您能否撥空指導我。」

「說吧。」

「幹嘛自己家人，也要這樣繁文縟節呢？」

「這是為你們好，要像我一樣養成習慣，出去才不會失禮。倒杯水來。」

老爸把手中的杯子遞給我，目光繼續盯著字典，過了兩秒才發現，我還是沒伸手去接。他疑惑地看著露出詭異笑容的我。

「你忘了加個『請』字。」

「哈，很好，謝謝提醒！方便請你斟杯水嗎？臭小子。」

「家事」教育

在德國，搬家前得徹底大掃除，最好掃到整間房子就像曬日光浴曬到睡著、醒來脫了層皮的大叔一樣，煥然一新，才不會被罰錢。

準備歸還租屋那天，我用拖把在木製地板上來回拖著，拖完後回頭一看，發現剛才隨意亂拖，以致於還沒乾的地板上沾著我踩過的腳印，等等又得重來一次了。

「要由內往外有順序地拖，不是教過你好多次了嗎？」

我嘖了一聲，彷彿看見老爸皺著眉頭數落我，手上的拖把頓時滑落到水桶裡。

撲通！

記憶倒轉回國小的某個晚上。

。。。

我趕緊伸手往洗衣機裡撈，拿起來之後又連忙用身上的衣服擦乾，但整本《神鵰俠侶》還是全濕掉了。

「慘了，乾了以後肯定會皺巴巴的。」

這是最近掉進洗衣機的第二本小說。

家裡的第一台洗衣機是舊型的半自動式，洗衣時得不斷跑去陽台放水、開水、關水、設定時間，洗完以後還要把衣服從洗衣槽撈到另一邊的脫水槽，洗一次衣服，要客廳陽台折返十幾趟。久而久之，輪到負責洗衣服時，我索性帶本小說，跟蹲馬桶看報一樣，站在洗衣機旁邊讀起來。

「還沒有這台洗衣機之前，你們的衣服都是我跟媽媽輪流洗的。那時候住在淡水，冬天時洗到半夜沒有熱水，手都凍傷了。」老爸說著，秀出看起來倒是好端端的一雙手，再擺出一副「不過是來回走個幾趟，算什麼做家事」的態度。

洗衣機的確減少了家事分量及難度，不過也因此可以交給小孩負責，站在孩子的立場，倒也不知道是不是一件好事。我在心裡嘀咕著。

在那個年代，我家冰箱上總是貼著一張像課表的格子圖，X軸標出週一到週日，Y軸是各種家事——洗衣服、曬衣服、摺衣服、洗碗、擦地板，還有久久出現一次的洗廁所。照理說，單位人數所負擔的家事量，應該不會隨著家裡人口數目增加而成長，但是我們一家六口很奇怪，每個人總有做不完的家事。一個晚上哪怕只是排一樣家事，也因為是六個人的分量，得花上很多時間。

但只要有哪個小孩嚷嚷著不想做家事，或是推三阻四，老爸便會一本正經地說：「這個家不是我跟你老媽兩個人的，是我們全家六個人的。身為這個家的一份子，你們有權利享受家裡的照顧，也有義務要分擔家事。」

然而，比起時間太長，做家事更讓人困擾的是——老爸那有如芒刺在背的監督。我有少數幾件事被老爸從小唸到大，家事就是其中之一。

哪一件家事呢？

所有！

比方說，把衣服撈進脫水槽時，一定要把被洗衣機捲成麻花的衣服一件件拆開，鋪平放好。

「不這樣做，衣服脫完水會皺成一團很難看。況且沒放平，脫水槽重量不平均，會撞來撞去。」

老爸邊講邊細心地把每件衣服撈出來，像醃泡菜似地一件件拉平分開，放進脫水槽。如果偶爾偷懶沒照他說的做，偏偏運氣又不好，真的讓脫水槽撞到洗衣機的邊緣，發出匡噹匡噹的聲響，肯定會聽見客廳傳來老爸更大的吼聲。

「為什麼不聽我的話！」

也有些家事，老爸不會一開始就告訴我們，怎麼做才符合他的要求，像是曬衣服。當我終於開始曬衣服時（總算夠高了），感到很開心，因為這算是輕鬆的家事，只要把衣服一件一件套上衣架，再掛上去就好，過程不無聊，也不用擔心小說掉進洗衣機。看姊姊曬過衣服的我，還知道要把反面的衣服翻過來、襪子拉直（其實按照家裡，不，是按照老爸的規矩，這些都是洗澡脫衣服時就該做的）。衣服曬完之後，我很得意地跑進客廳向老爸報備，老爸點點頭出去看了看，過了一陣子才回來。

這樣重複了幾次，某天老爸檢查完我曬的衣服，站在通往陽台的門口說：「你都沒有注意到我在外面幹嘛？」

我走過去往曬衣架一看，衣服還是一樣掛在三根平行的曬衣桿上，並沒有任何變化。

「你有做什麼嗎？」我抬起頭來問身旁的老爸。

他不發一語看著我。

「來，走近點看。」

到了衣服旁邊，我甚至伸手摸了摸，確認是不是曬到了沒洗的髒衣服，還是把乾衣服跟剛曬的衣服混在一起，但仍然不知道老爸到底動了什麼手腳。

「只告訴你錯、卻不肯說錯在哪兒」的老爸最有壓迫感了，我心虛地搖了搖頭。

老爸用下巴往上比了比，要我在三根曬衣桿下來回走一遍。

「知道了嗎？」

我搖頭的幅度更小，更心虛。

老爸皺起眉頭說：「怎麼沒發現，我把衣服按照長短順序重新排過了。」

老爸伸出手斜斜畫了一下，我才發現抹布掛在最前面，再來是短褲、上衣、長褲、老爸的西裝褲，最後面則是內衣褲。

「幹嘛這樣擺？」一知道竟是這麼無聊的變動，我登時理直氣壯了起來。

老爸像是白天的角色還沒轉換過來，賴主任穿著吊嘎跟四角褲在陽台上講起課來：「衣服這樣擺有兩個好處。第一，路不會被衣服擋到。」

難怪老爸剛剛要我像猴子一樣在下面晃來晃去。不過都已經像隻猴子了，又怎能奢望我有這種洞察力。

「第二，短衣服不會被擋住，也曬得到太陽，晚上收衣服才不會有的乾、有的沒乾。」

我似懂非懂地聽著老爸的話，忽然想到了什麼。

「可是就算這樣，長的還是有一部分被擋住了，那邊就不會乾啊。」

我邊講話邊指著老爸的西裝褲口袋。或許是反應夠快，反駁得有道理，也或許是正好掉進老爸早就準備的陷阱裡，他露出微妙的笑容回答：「像這種長褲，水分會被重力往下拉，所以最不容易乾的地方一定是下緣，上面反而乾得快。」

為什麼要在這個時候上物理課！

儘管小時候抓周沒有抓到放大鏡或菸斗，但老爸卻像在培育偵探一樣，藉著各種機會培養我的觀察力，要求我細心謹慎，留意別人所忽略的細節。

「曾子曰：『吾日三省吾身。』我們不只要『省吾身』，更要去『省他人身』。要仔細觀察為什麼別人會這樣做？有沒有道理？如果有道理，那我就學起來。如果沒有，為什麼沒道理？我是不是可以改進？你看，不管怎樣觀察都是有幫助的。」

這段話老爸不知跟我耳提面命了多少遍。

也因為這樣近乎吹毛求疵的要求，不論是曬衣服、擦地板，或是洗完碗筷後要擦桌子，老爸都有他一套經由觀察所得的道理。

「小時候我看奶奶擦桌子，用抹布擦了一次，又回過頭來用同一面擦了第二次。我心裡就想，那污垢和油漬不就被抹布來回帶著走，這樣擦得乾淨嗎？」

不知道小時候的老爸敢不敢跳出來糾正奶奶，不過依照老爸的個性，從那一刻起，他肯定就在心裡發誓：「以後我一定要我的小孩在擦地板、擦桌子時，勤幫抹布翻面。」

我出國讀書那幾年，返鄉回來度假，有時心血來潮想幫忙做家事，儘管老爸一開始會說我難得回來要好好休息，但只要我一跪下來擦地板，他的眼神還是會像海關緝毒犬一樣，銳利地盯著抹布，不時提醒我：「該翻面嘍，同一面擦三遍了。」「椅子要移開來，下面也要擦喔。」

不同的是，在我小時候，老爸是「CSI犯罪現場」的探員，到處採集蒐證；長大後，怕我自尊心受損，見笑轉生氣，他便假裝漫無目的隨意看看，偶爾趁我不注意再彎腰檢查沙發底下。不管怎樣，只要是沒做好的證據確鑿，還是免不了看見老爸一手捏著根頭髮，瞪大眼睛擋在我面前：「你看這是什麼……」

。。。

老爸就是這樣對家事一絲不苟，有著近乎軍事化的要求與管理。在他的觀念裡，家事是最能觀察一個人有沒有良好家庭教育的指標，更是培養我們做事仔細，別想偷懶、走捷徑的好機會。

有時踩起來沒什麼灰塵，我們不想擦地板時，老爸總會很生氣地說：「你每天要不要吃飯、要不要洗澡？那為什麼地板就不用擦？」

「地板又不會肚子餓；你又怎麼確定我每天都有洗澡？」

倘若跟老爸抬槓起來，老爸便會自己拿起抹布——

「不願意做，我就自己來。」老爸很明確地傳達了這樣的訊息。所以，儘管情緒上偶爾會反彈，但我們都很清楚老爸不是刻意找麻煩，是他的標準線就擺在那裡，不容妥協。

總結咱們賴家的家事標準作業程序大致如下：

洗衣服一定要早上洗，晚上才洗，一來夜深了會吵到鄰居，半夜曬又不容易乾。

地板要等全家人都回來再擦，不然剛回家的人又會帶灰塵進來。（這也是要孩子早點回家的一石二鳥之計，太晚回家就得負責擦地。）

地板要從最裡面的房間往外擦，才不會把灰塵一路擦進去。挪椅子時要抬起來，不可以用拉的，免得吵到樓下鄰居，還把灰塵帶著走。

曬衣服要依照衣服的長短順序擺放，貼身衣物擺在最裡面才不會有礙觀瞻，衣架還要朝同一個方向才好拿。

吃飽要立刻洗碗，最好是在喝湯時就開始洗盤子，這是「今日事今日畢」的終極進化。

碗筷洗好後，筷子夾菜的那端要朝上，碗口一定要朝下擺才好瀝乾。

還有一個要求，不過沒有人願意遵守，老爸似乎也覺得沒什麼道理，純粹是他個人的偏執美學，因此他往往是趁大家不注意的時候自己去調整——

同一根曬衣桿要用同樣顏色的衣架。

神鵰俠侶

成績單教我的事

學生時期的考試，按照慣例，我總是坐在最後一排，看著考卷像白色海浪上下起伏，從前面傳來，心跳也隨之加速。就連博三期末考那天，都已經是學生生涯最後一次期末考了，怕考試的毛病還是改不掉。

六月的窗外下著午後陣雨，桌前擺著麥當勞早餐，我想起國小某次段考前一天，也有過這麼一場大雨，那時一樣坐在教室裡的我，心中有著不同的盤算……

。。。

我決定故意不撐傘在雨中漫步，像MTV裡的郭富城一樣，不同的是我還特地走在屋簷的邊緣下方，好淋到更多雨。那時候完全沒有考慮到伴隨酸雨的落髮危機，只一心想著如果能感冒逃過明天的段考，該有多好。我在滂沱大雨中邊幻想邊傻笑，偶爾伸手摸摸額頭量體溫。

到家時，老爸老媽看到我一副從水裡被撈起來的樣子，急忙叫我去浴室沖澡。聞到從門上通風板飄進來的薑湯味，我做了一個現在想起來都還會佩服自己的決定——洗冷水澡。

出乎意料，冷水一開始沖起來倒有點溫溫的，或許是因為體溫已經太低。沖了一陣子，那種像活蝦被扔進冷凍庫的感覺才出現。

一洗好澡，老媽急著拿毛巾像擦小狗一樣把我的頭髮擦乾，又灌了我一碗薑湯。正當我打算摸著頭裝可憐，像是要哭出來似地說：「我好像發燒了……真糟糕，明天不能考試了，枉費我準備得那麼認真。」

咦……？

原本在戶外還有點熱熱的額頭，現在熱度全退了。接在我後面進去洗澡的老爸發現我沖冷水，還很開心地光著上半身跑出來，拍拍我的肩膀說：「真勇敢呢，不虧是我們賴家的兒子。」

是吧，賴家兒子不想考試的決心可是不容小覷的，我在心裡默默說著。

我這麼怕考試的原因，比任何考題都簡單——

考不好老爸會生氣。

一向笑嘻嘻的老爸，提到考試就會立刻變成鐵面人，完全沒有商量的餘地。

但儘管如此，我還是偶爾會忍不住拿成績開玩笑。

我有很多習慣得自老爸，其中一樣就是喜歡給人驚喜。老爸常會算好家人幾點下班下課，然後不事先通知就開車來接我們。順利的話兩邊都很開心，可更常發生的，卻是老爸在晚餐飯桌上抱怨我們不按時回家，意外造成我和姊姊們一出校門就習慣東張西望的後遺症。

我沒辦法開車接送家人，於是選擇另一種驚喜方式。小時候考完段考，由於老爸是當老師的，對於什麼時候發成績單瞭若指掌，那幾天放學回家，他見到我的第一句話準是：「成績單發了嗎？」

老爸貌似輕鬆地問，有時我會直接把成績單給他看，但更多時候會歪著頭回答：「發了，考得不怎麼好吔。」

這句話就像一隻無形的手，掐住老爸的眉頭。

「平均只贏第二名兩分左右。」

另一隻無形的手又把老爸的嘴角往兩邊推。難得有機會可以操弄老爸的情緒，讓我樂此不疲。久而久之老爸熟悉了這套模式，儘管一開始聽我說考得不好，他也不會當真，晚點再問就好了。於是這個把戲像滾雪球一樣愈玩愈大，後來甚至到了睡前，我才把成績單掏出來。

雪球總有滾破的一天。

那天，我懷著忐忑不安的心情回家，書包裡低分的成績單像鉛球一樣壓得我喘不過氣。一如往常，老爸笑嘻嘻地等著我。三個月重複播放一次的劇情，一開頭依然是我很正經地說：「對不起，考得不怎麼好吔，這次是真的。」說完只差沒像古代長工砸了員外家花瓶一樣，忙不迭地跪下來賠罪。

老爸依然笑得很燦爛，他鐵定在想，這孩子還真有點演戲的天分。

「是喔，考多差？」

「比你想像的差很多，這次真的是真的。」我有點緊張地跟老爸解釋，腦袋裡蹦出一座綠油油的山丘，有個小孩在那兒牧羊。

「好，好，回到家先洗澡，等等我們再聊。」

我反覆強調這次真的沒考好，奈何老爸渾然沒有察覺我不太一樣，依然自顧自地演著獨角戲。

稍晚，老爸又問了一次：「現在可以告訴我考幾分了吧。」

「就……真的考不好啊。」

終於，老爸發現事態不對，那隻掐住他眉頭的無形之手又出現了。

「有多不好呢？」

「第七名吧。」

「你是認真的嗎？不要再跟我開玩笑嘍。」

放羊的小孩下場是狼吃掉他的羊，我卻感覺自己要被大野狼吞了。巨大的壓力下，我彷彿聽見某隻要被吃掉的羊在我耳邊說話。

（橫豎都要被吃了，不如豁出去吧。）

「還有第七名啊，全班四十幾個人吔。」

就像放高利貸一樣，老爸要我把之前作弄他、讓他驚訝的喜悅連本帶利一次還清，但我卻只是擺出一副「分數沒有，名次倒是多了很多，要罵就來吧」的無賴模樣。

老爸呆了一兩秒，似乎在思考什麼，又像是受到驚嚇一樣，回過神時已經瞪大了銅鈴眼，大聲對著我怒罵：「混帳東西！」

接下來發生什麼事，印象中已經不太清楚了，只記得躲在房間裡的我，不時聽到外面的咆哮聲——

「不准哭！考那麼差還敢哭！」

我只能發出有如故障吸塵器的聲音，努力把眼淚和鼻涕倒抽回去。

我一面哭，心裡很不能接受老爸這樣的態度，怎麼可以把成績這一小部分從我身上切下來，再用這麼一小塊取代我整個人的存在；考得好是上進，考不好就是玩日愒歲、渾渾噩噩。哪有這麼簡單的二分法。

這時背後傳來老爸的腳步聲，我把哭聲收低，準備迎接第二波攻擊。出乎意料，老爸卻是摸摸我的頭，蹲下身子，與我保持同一個水平高度，緩緩說道：「你知道我為什麼罵你罵這麼兇嗎？」

「因為……因為這次考不好。」雖然考不好，但我並不因此成了笨蛋。想不到老爸笑了一下，露出憐惜的表情。

「我不會那麼在意你一次考不好。過去的就過去了，怎麼罵也不能改變事實。我是要提醒你注意自己的態度。你考第七名，而且接受了這樣的成績，你沒有反省為什麼退步這麼多，反而還得意班上有很多人比你差。」

「你永遠可以找到比你差的人，永遠可以比上不足比下有餘，但那都只是自我安慰的理由。你還小，遇到的挑戰也還簡單，不可以這麼輕易就甘於失敗。」

「不要這麼早就學會自我安慰。」

老爸講完後忽然莫名其妙笑了起來，變回原來熟悉的模樣。我隱約了解到，在成績單的背後，附著的其實是人生態度，這才是老爸更在意的。

之後，每次考試我依然是緊張到痛著肚子出門，偶爾也還會考很差，不過老爸再也沒發過那麼大的脾氣，最多就是板著臉唸幾句了事，不過那也夠嗆的了。

。。。

上國中之後，每間學校都有所謂「永遠的全校第一名」，北投國中也不例外。正當全校的人，包括我在內，都習慣永遠是某個人上台領獎，代表全校向校長敬禮時，老爸依然不斷驅策我、鼓勵我。

「舜何人也？予何人也？有為者亦若是！」

總算三年下來有一次，換我接過校長手中的獎狀——儘管我緊張到下了台才發現拉鍊沒拉，原來台下第一排的女生，不是因為看到我才笑得特別開心。

安於失敗很簡單，要一直伸長手臂去抓天上的月亮，才是最困難的。老爸就像開著大怪手，好幾次把因為沒力而掉入放棄泥沼的我挖出來，半強迫地用水柱沖乾淨，讓我繼續努力往前衝。

大學聯考放榜，成績單寄回家那天，爸爸要我影印一份，父子倆開車到六張犁爺爺的墓前上香。成績單攤開，老爸很小心地用水果壓住四個角，讓爺爺可以清楚看到上面的分數。燒紙錢時，老爸把榜單影本一起放進爐子裡，口中用客家話唸唸有詞。

「不公平，你說什麼我聽不懂，這可是我的成績單吔，你炫耀什麼我也要聽。」

我坐在墓園矮牆上，雙手撐在兩旁，腳懸空晃啊晃，愜意地看著蹲在爐旁的老爸，紅紅的火焰在爐裡此起彼落，推出一陣一陣的煙灰。這時我發現，似乎是被煙薰的，老爸的眼角泛出了淚光。

那是第一次我發自內心認為，能夠考到好成績，真是太棒了。

肉圓、超任、榴槤糖

從前有對父子，爸爸很疼孩子，每天都會帶孩子最喜歡吃的肉圓回家。三顆肉圓，不多不少。某天爸爸因為工作太忙，一時忘記帶肉圓回家，不知情的兒子上前迎接，開心地問爸爸：「回來啦，我的肉圓呢？」

「今天工作比較忙，忘記帶了，真是不好意思。明天再補給你六顆好不好？」

「你怎麼可以忘記帶呢！」

沒吃到肉圓的孩子愈想愈生氣，晚上趁爸爸睡著了，拿起掃把就往爸爸身上打，一直打一直打……竟然活生生把爸爸給打死了。

有點像恐怖格林童話的劇情吧。

這是老爸在我兒時最常講的床邊故事之一，提醒我不能太任性，也提醒老爸不可以太溺愛。一則故事對父子同時有啟發，還可以讓我做惡夢，根本是健達出奇蛋，三個願望一次滿足，哪是什麼「公主吃了媽媽的蘋果後一睡不起，媽媽精神分裂成天對著鏡子碎碎唸」那種讓小孩不愛吃水果、父母形象又受損的故事可以比擬的？難怪老爸會一而再地跟我分享。

儘管如此，小時候我還是很常跟爸爸要東西。

並不是我欲望太多，而是身為一個小孩子，想得到喜歡的東西時沒有太多選擇。當然還有另一個可選擇的對象。但掌管日常開銷的老媽最常掛在嘴邊的那句話──「我現在一塊錢都當兩塊錢用」，總是讓當時不懂誇飾法的我，既訝異數學的變化莫測，又深感母親的辛勞，哪還好意思去討東西。

還是回到老爸的身上動主意好了。

。。。

多年和老爸交手的經驗，讓我徹底體會了什麼叫「天下沒有白吃的午餐」。

打電動前得背詩，背絕句可玩半小時，律詩則一小時。五言七言字數不同，得到的時間也不同。某次我想破關，得一連打好幾個小時，掙扎了許久，最終還是默默翻開〈長恨歌〉，深深吸了口氣──

「漢皇重色思傾國……」

想買東西，考試考得好只是必要，而非充分的條件。

念國中時，有一天晚上——

「我就是太疼你了，你要什麼都給你，這樣下去，哪天你就變成了肉圓威！」

「哪有，我可是每次都有達到你的要求。那個帶肉圓的老爸有跟他兒子說，沒考一百分就不給你吃嗎？」

老爸正跪在客廳裡擦地板，我站在他前面嚷著要買超級任天堂。爸爸前進一步我退後一步，彷彿跳起了雙人圓舞曲。

「求你嘛，我已經考第一名了，你買的話我會繼續再考好，不會耽誤念書的。」

「你爺爺小時候很喜歡吃親戚從香港帶回來的榴槤糖。」老爸忽然停下來，把抹布留在原位，坐上沙發跟我講故事。

「有一次曾祖母問他，你要吃一顆嗎？爺爺說要，曾祖母就給他一顆。」

「你看人家的媽媽對兒子多好！不用考第一名就有糖吃！」

逮著了機會我趕緊拉回正題，只是老爸裝傻的功力也不是蓋的。

「吃完後，曾祖母又問，還想吃嗎？爺爺當然說好啊。曾祖母又給他一顆。」

「還主動問！曾祖母好慈祥！你都沒有主動問我要不要買電動！那我自己講好了，咳咳，要買要買！」

我開始幻想老爸講完故事，就會從沙發底下掏出兩台超級任天堂。不過，要兩台幹嘛？

「吃完兩顆嘍。曾祖母再問，還想不想吃啊？爺爺饞著嘴說，好啊好啊。」三台，完全不切實際的想法讓我渾身發熱。

「這時候曾祖母立刻痛罵爺爺：『你這個混帳東西，不懂得節制，只知道貪吃，家都給你吃垮了！』爺爺就這樣被狠狠教訓了一頓。」

「哎……」現在我知道這叫做「引誘犯罪」，不過那時候只是懵懵懂懂覺得爺爺很可憐，而沙發下的三台超任終究化為夢幻泡影。

「同樣的道理，我已經買任天堂給你，現在又說要買超任，你會不會太不懂得節制了？」爸爸講完後，用他的大眼睛瞪了我幾秒，每次都這樣。

他沒再說話，走回抹布前繼續擦地板，留下第一回合落敗的我。

但我也不是那麼容易放棄的，畢竟從小老爸就用象棋調教我要「堅毅不拔、愈挫愈勇」。

「不一樣，任天堂是小四那年買的，爺爺的糖果也沒有隔那麼多年才吃到嘛。」

「不然這樣，你先買給我，然後再揍我一頓，比照我們家的祖法，曾祖母對付爺爺那套來辦理好不好？求求你嘛。」

我呆滯了一下又開始反擊，並使出最後的手段——「老唱盤跳針式祈求法」。

「求求你嘛。」「求求你嘛。」「求求你嘛。」我像無賴般重複著這句話，又跳到老爸的面前，繼續跟著他的抹布往後倒退。

「我不是說過，男子漢大丈夫，怎麼可以隨隨便便求人。你求人就只能看人臉色，聽人家的話。唯有不求人，才能自己做主。男兒膝下有黃金！」

「只跪老爸買超任！而且現在是你跪我，又不是我跪你。」

老爸抬起臉看我。

「還敢講！跟你說過『無欲則剛』，你這樣求，讓我太失望了，教育失敗，絕不買給你。」

「那我不求了，可是你還是要買給我。」

「這樣還不是求。」

「……」

「很好，不講話了，有骨氣。」

「那……」

「那什麼？」

「……」

「你得求我啊，我才考慮幫你買。」

「不求，無欲則剛。」

「很好！不愧是我的兒子，那就不買了。」

「你很過分！」

講到這裡，老爸也笑了。我們重複著同樣的對話輪迴，我不斷在無欲則剛和苦苦乞求之間來回切換。

後來，又一次段考結束，發了成績單之後，我終於領到許可證，押著老爸去市場的文具店買超任。

這件事現在想想很有趣，但當下真是有種快瘋掉的感覺，深深感到有求於人是一件很痛苦的事，就算再怎麼不滿也只能忍著陪笑臉。

老爸後來說：「你不是對我低頭，是對自己的欲望低頭。」

「壞一點的人會利用你這個弱點使喚你；好一點的人就算給你幫你了，你以為就沒事了嗎？你欠了人情，之後哪天換他求你，你能不幫他嗎？」

經過這次切身之痛，我可真是點頭如搗蒜地認同了。

挑遊戲時，我挑了夢寐以求的「快打旋風」二代、「超級瑪利歐」（第一次有綠色恐龍的那代）以及可換零件和用噴射加速的賽車。在旁邊不發一語翻著遊戲簡介的老爸，眉頭愈皺愈深。我以為是花了太多錢，正猶豫著要放棄哪一個……

「老闆，還要這款。」

「嗯？我沒有要玩俄羅斯方塊啊。」

「我出錢的，我也要玩不行嗎？」

「可以是可以啦，但不能跟我搶時間喔。」

事後想想，老爸會買俄羅斯方塊，應該是想讓電動至少發揮點寓教於樂的作用。為此，他決定「撩落去」陪我玩幾場。

只不過結果出人意料。

「不是說不能跟我搶時間嗎？」

就像是乞求買超任的續集，接下來的日子裡，常常可以看到我站在老爸的斜前方抱怨。專心打電動的老爸，眼鏡鏡片上依稀可見反射出來的俄羅斯方塊。

「我出錢的，我當然也可以玩啊。」

播放過關動畫時，老爸像是用搖桿操作自己一樣，左移視線五格停到我身上，回應我幾分鐘前的抱怨。

「你又沒考第一名。」我忿忿不平地回答，至少該背首五言絕句吧。

「不然我們來比賽，你贏我了才能換你玩。」爸爸露出狡猾的微笑。

就這樣，往後每當我想跟瑪利歐相見歡，都得先玩上一個小時的俄羅斯方塊。好不容易結束了，老爸卻在放下搖桿前回頭說：「已經玩很久了，不要把眼睛弄壞，只能再玩半小時。」

「怎麼可以這樣！」

國中生對電動的欲望可以激發出無限的潛能。幾個月後，我可以在半小時內讓老爸乖乖地去午睡——前提是他肯認輸。

「姓賴的又要耍賴了。」我拚著被罵不肖子孫的風險也忍不住要反唇相譏。

「這場不算，你媽媽剛剛跟我講話，再來一次。」

什麼跟什麼，老媽剛才只說了一句：「你爸是左邊還是右邊的？」

「堆得比較高的那邊。」還是我回答的！

老爸很愛告訴我，這世界是很不公平的。為了讓我深刻體認這個道理，他不只是用說的，還直接示範給我看。

。。。

上高中之後，偶爾補習比較晚回家，大家都睡了，總是等全家人都回來才上床的爸爸，會獨自坐在客廳裡玩俄羅斯方塊，旁邊擺個茶杯，一盤水果——還有茶壺（可見玩多久了）。

「我回來了。」

我把書包扔在沙發上，站在爸爸後方看他不靈光地操作搖桿，身體隨著方塊左右移動。從這個角度看，反而像是方塊在操縱他。

「喔……累不累……要不要吃點宵夜……我幫你……弄。」

老爸斷斷續續地講話，嘴巴微張晃著身體打電動。

「不用啦，我先去洗澡。」

「那……這個水果……拿去吃。」

老爸晃著右腿膝蓋，示意要我吃點水果。螢幕上的方塊比幾分鐘前堆得更高了。

洗完澡坐在老爸旁邊等頭髮乾，看著他卡在同一關死了好幾次。背景的馬戲團不斷擺出哭臉，獅子的哭臉、老虎的哭臉、小丑的哭臉，還有最後螢幕全黑時反射出來的老爸的哭臉。

「每次這邊都過不了，奇怪，你玩給我看好不好？」

「不要，我很累了。你不懂高中生有多辛苦嗎？」

「你全都破過了，這才到一半而已，玩一下又不會花你幾分鐘。」

上次也是在爸爸要求下才玩的，全破畫面出現時，已經是深夜一點多，連不能熬夜的規則也打破了。

「求我啊。」

「拜託啦，阿威最厲害了，只有你才過得了這關。」

老爸苦笑著，拎起旁邊的茶壺斟了杯茶給我，低著頭推到我面前。

「對了，你知道我爺爺小時候很喜歡吃榴槤糖吧？」

粗心

初到德國時，學校的幹事交給我一把鑰匙，諄諄交待：「這把鑰匙可以開樓下的門、走廊的大門，還有這整層的每一間實驗室，如果弄掉了，全部門鎖都要更換，可要賠上幾萬歐元的。」

我接過鑰匙，手心微微發抖。比我在德國全部家當加起來還要貴的鑰匙，真不想拿。也難怪每個同學腰間都繫了條帶子，全把鑰匙綁在上面。

「你也趕快買一條吧，像你這麼粗心的傢伙，不綁在身上一定會出問題的。」老爸在週末的視訊裡笑著虧我，同樣的對話似乎在童年也出現過。

。。。

我從小就很粗心，考試時常看錯題目，莫名其妙被扣好幾分。

「怎麼這題也會錯？」老爸很不高興地拿著考卷問我。

「其實是對的嘛，你看如果把這個加法看成是減法……」我邊心虛辯解，邊感覺到自己身子愈彎愈低。看起來像座山的老爸此刻開始微微晃動，頭頂彷彿冒出幾縷白煙，像火山要爆發了。

國中時想裝大人，每天出門都學老爸戴隻整天也不會看的手錶，再把苦苦哀求老媽才拿到、但回家時照樣按門鈴的鑰匙放在口袋裡。這些不實際的行為成了探照燈，讓老爸把我的粗心毛病看得一清二楚。

每週總有一兩天早上出門前，我得花很多時間像在家中遊行一樣，到處翻找手錶和鑰匙的蹤影。這時便會聽到老爸從背後傳來的責怪聲。

「跟你說每樣東西要放定位，用完不要隨手亂扔，怎麼講不聽呢。」

起先我很無所謂地回應老爸。

「我沒有不知道東西在哪兒啊，『天地為棟宇，屋室為褌衣』，我把它塞在我口袋裡呢。」老爸一定很後悔曾經講過「竹林七賢」裡這種教壞小孩的故事。

有一次快要遲到了，繞圈子的速度一圈比一圈快，老爸無奈地加入我的遊行。

「我怎麼會生個這樣的兒子，還屋室為褌衣咧，是只有褲襠裡掛在身上的東西不會掉，其他都掉光光了吧。」

我一時還沒意會過來，看到老媽紅著臉拍老爸的背時，才知道他在說什麼。

「嘿嘿，你怎麼知道不會掉。」儘管火燒屁股了，我還是不忘回嘴。再長大一點，我才知道這種行為有個專有名詞可以形容——白目。

不過老爸那時沒這樣說，只是立刻轉過身來責備我：「還敢說，你這小子都不知道檢討。如果出門在外，也把鑰匙亂放、手錶亂扔，被偷走了怎麼辦。」

「在外面我就很注意了，是在家裡才這麼放鬆，我相信自己家人難道不對嗎？」

老爸沒有接腔，看了我一兩秒後，只說了幾個字。

「你說的喔，好，很好。」

那時我根本沒多想，說完這句帶有恐嚇意涵的話之後老爸會做出什麼事，不然我一定立刻道歉。

不久，我隨便亂丟的東西彷彿掉到四次元空間一樣，怎麼找也找不著。好幾次只能放棄尋找先去上學，一整天都在苦思東西到底是丟在哪兒，但回家卻發現東西異常整齊地貼著桌緣擺好。

「哎呀，我真是瞎了，放在那麼明顯的地方也沒注意到。」在餐桌上，我鬆了一口氣說，卻遲鈍得沒注意到老爸異樣的眼神。

漸漸地，我習慣東西不見時也不用急著找，反正它自己會從四次元空間掉回來。

直到某次手錶忽然連著好幾天都不見蹤影，遲遲不敢跟老爸提起的我，終於鼓起勇氣問他：「那個，爸爸，你有看到我的手錶嗎？」

小時候儘管很愛和爸爸鬥嘴，但我發自內心認為老爸什麼問題都能解決，包括從哆啦A夢的口袋裡拿回手錶。果然，老爸瞪了我一眼，轉身走向他的書桌拿出消失已久的手錶。他帶著諷刺的語氣笑說：「我還以為你連丟了都不知道呢。」

這下我才搞清楚，為什麼在家裡我待過的地方，怎麼找也找不到這隻手錶。

「你幹嘛這樣啊，我都擔心死了，還以為掉在外面了。」我有點生氣地回老爸，要他把我找東西的光陰都賠給我。

老爸不以為然地回我：「誰叫你東西亂丟。我怕被人偷走幫你保管，還沒跟你收保管費咧。說過不知道多少次了都不聽，東西要歸定位，要整整齊齊，要用的時候才不會找不到。」

的確是聽過不知道多少次了，老爸的話像把鈍刀在我身上磨啊磨的。

「你看我，你問我什麼東西放在哪裡，我都一清二楚。我有特別聰明嗎？」

（沒有。）不甘願又不敢回嘴的我暗自在心裡阿Q式地回答。

「沒有嘛。可是為什麼我會這麼清楚，就是因為我每次用完都會放回原位。」老爸繼續滔滔不絕講著。

縱然聽得再不是滋味，我也絲毫沒有反駁的餘地，因為老爸的確像他所說的，從來不需要「找」東西。換個說法，要用家裡不屬於任何人的公用物品，或是老爸保管的東西，都非常容易。只要「擒賊先擒王」，先找到老爸——

「哎，爸爸，那把黑色的大剪刀在哪裡？」

「你房間櫥櫃的抽屜下面數上來第二格。」

「哎，爸爸，那本講鬼故事的《瀛寰蒐奇》在哪兒呢？」

「裡面靠邊的灰色書櫃第一層後面。」

「哎，爸爸，螺絲起子在哪兒？」

老爸默默地從腳下拉出一個工具箱，示意要我自己翻。

「謝啦。」我蹲到老爸的腳旁像太監服侍皇帝洗腳，翻啊翻地找。

「哎喲，你不要亂翻啦，在下層。」

老爸看不下去，伸手過來阻止我繼續在工具箱裡肆虐。

老爸總是強調，多花幾分鐘把東西收好，就能省下更多尋找的時間。這句話的確非常有道理，但就像大多數的金玉良言之所以成為金玉良言一樣——知易行難。要對抗偷懶隨便的天性，就像對抗地心引力一樣困難。

找東西的過程中，老爸就像老虎盯著遠處的羚羊，隨時準備撲上來罵人。身為獵物的我後來學會裝作沒事，邊哼歌邊晃來晃去。

「怎麼？又有東西掉了嗎？」

老爸的表情真讓我懷疑，他其實滿期待我掉東西的。

「沒有啊，我在複習地理課本，按照相對位置走比較好背。」

趁老爸洗澡時，我趕緊去他的書桌搜查。果然！就像打撈沉船一樣，所有掉的東西都可以在那邊找到，甚至有幾樣是我根本不知道掉了的。更過分的是經過幾次後，我發現老爸還把他偷走（他的說法是「保管」）的東西，固定放在同一個地方。對亂丟東西的我而言，這真是最大的諷刺了。

「噯，你怎麼沒經過我允許就去拿我的東西啊。」老爸假裝生氣地問我。

「你還說咧，每次都亂藏人家東西，浪費你兒子的念書時間。」

我忍不住繼續說：「而且還放在同一個位置！」

老爸笑得很開心。真是的，想不到等不及我「彩衣娛親」，老爸先來個「藏東西自娛」了。

某天週末，我跟朋友約好下午出去玩，卻發現眼鏡不見了。我急急忙忙要老媽陪我一起找。

「一定是被爸爸藏起來了。」

老爸的打鼾聲從房間裡傳來，我跟老媽在他的書桌上四處尋找，這次卻怎麼找也找不到。

「好像不是被藏起來了，你再想想看會放在哪兒吧。」

老媽壓低了音量，走到客廳電話附近，翻開報紙遮住的地方。

「奇怪，我昨天還有戴啊，頂多就是早上洗臉的時候放在浴室。」

和朋友約好的時間一分一秒逼近。難道老爸這次換位子放到別的地方了嗎？我決定鼓起勇氣，吵醒正在睡覺的老爸逼問他。

「先好好道歉，跟他說我真的要遲到，不能再陪他玩，應該就沒事了吧。」我跟老媽商量著該用什麼樣的說詞。

一進房間，我低低喊了一聲——

「爸爸……」

兒子滿懷孺慕之情的呼喚，淹沒在如雷的鼾聲中。連平常找東西都不敢打擾老爸的我，這次竟然要打擾他午睡，就像要喚醒熟睡的獅子。我可以體會「落健」廣告裡為了生髮而聽信傳說、拔獅子鬃毛那兩位土著的心情，感覺背上與腋下都滲出了汗。

彎身靠近老爸，炎熱的夏天午後，日光從落地窗斜斜穿進來，老爸卻一反常態穿著襯衫午睡。忽然，我瞥見一道光從他胸前隨呼吸起伏的口袋裡反射出來。瞇眼一看——

那是我的眼鏡。

男兒百藝好隨身

約莫是國小三年級吧，我跟姊姊每週末都會去家附近一個美術老師開的才藝班，上課的內容包括靜物素描、寫生和水彩。跟有美術細胞的姊姊比起來，我去的目的彷彿是為了顯示，自己的美術天分僅止於將顏料依照彩虹的順序排好。

某天下課後，我在晚餐的飯桌上嘟著嘴巴跟大家說：「我不想學了。」說完跑去房間把下午畫的作品拿出來。

「這畫得滿好的啊，水果盤。」老爸努力發出讚嘆聲，還夾了一塊肉獎勵我。

「尤其是這顆檸檬，畫得好逼真。」

說到這裡，一起上課的三姊立刻大笑。沒料到會慘遭雙重打擊的我登時滿臉通紅，氣急敗壞喊著：「你跟老師今天說的一模一樣，但這是香蕉！不是檸檬！」

早些時候，老師也這樣當著全班的面第一次誇我，卻沒發現他親自擺設的桌上一顆檸檬也沒有。莫非我有「隔空素描」的特異功能？

總之，被笑成那樣的地方是不能再回去了。老爸老媽商討了一下，也沒硬逼著我再回去，只是沒過幾天又幫我選了新的才藝班——學國畫。

「梅蘭竹菊，你總不會把竹子畫成菊花吧。」我彷彿聽見爸爸在挑課程時，不饒人的內心獨白。

當時，只覺得老爸讓我去上才藝班，最大的目的是要磨練我的羞恥心。不過事實上，他是希望我廣泛接觸各種技能。

「琴棋書畫、醫卜星相，這是古代文人的必備條件，你什麼都要涉獵一點，不要只會念書。」

素描、國畫、桌球、資優班、象棋隊……我甚至還自己在圖書館看了好一陣子的紫微斗數，直到有長輩告誡我算命會愈算愈薄，膽小的我才趕快停手。

仔細想想，小學時參加了各式各樣的活動。而這麼多技能，每一項都是老爸確定我有興趣，或是想辦法騙到我有興趣後，才「替我」去找老師的。上一陣子不喜歡了，老爸也不會勉強我繼續，只要把正在學的進度告一段落，就不用去了。（最低限度的有始有終，老爸還是很堅持的。）

儘管這樣造成的結果是「樣樣通，樣樣鬆」，但我想老爸的本意也不是要我成為藝術家或運動選手，他只是希望我有效利用時間，盡量體驗各種新事物的刺激。也因此，不像現在新聞報導中背著沉重書包趕去才藝班的小孩，那時候我和姊姊每週末下午穿梭往返在各個老師家中，腳步總是輕盈愉快。

「當初你為什麼不讓我學小提琴啊，這麼帥，追女生很好用。學那個什麼書法，是要讓我畫符下咒嗎？」長大後我跟老爸抱怨。

老爸有點不好意思，搔搔頭笑著說：「以前我不曉得聽誰說，學小提琴脖子會歪掉，我就想算了嘛。」

不過，如果什麼事都可以讓我只挑有興趣的去嘗試，那就不是老爸了。

那時我最怕家裡東西壞了，只要電燈不亮、水龍頭關不緊，或是不知道誰買了鳳梨、榴槤回來要大飽口福，我必然會聽到老爸召喚我過去一同處理：第一次見習、第二次幫忙、第三次自己來。

他常引用奶奶以前拿來勉勵他的客家俗語：「男兒百藝好隨身。」百藝不只包括古代文人的風流雅事，還要能應付生活上遇到的大小問題。

「不吃榴槤總行了吧。」

「那我要吃啊，你這小孩子不能這麼自私。」

我一邊嚷著痛，一邊不熟練地拿刀子剝榴槤殼。老爸則在後面笑吟吟看著我，實則隨時提防我發生意外。我怎麼會知道呢?因為我故意哀嚎過幾次，老爸立刻就焦急地上前問我有沒有怎麼樣。

記得還有一次，老爸在廚房喊著要我去買瓶可樂，我滿心歡喜以為今天誤打誤撞做了什麼好事，竟然有可樂喝，想不到回家後迎接我的，卻是一副濕黏油膩的豬肚。

「吾少也賤，故多能鄙事。」老爸邊指導我，嘴上還不忘把孔夫子的名言像可樂一樣灌進我的大腦，奈何我這副大腦比豬肚還難洗乾淨。

。。。

上國中後，因為課業壓力，我參加的才藝活動漸漸少了，不過老爸對「多」的要求依然不變。

當時身為班級幹部又是級任老師教學科目的小老師，有很多事情老師自然會交代我處理。哪個國中生不愛出風頭，起先我也是樂得什麼都做，但久而久之，愛玩懶惰的個性，就像飛在耳旁的小惡魔，開始問我幹嘛幫那麼多忙?好好的時間拿去打球不是更開心?

「老師有好多事都要我做，沒做好又要怪我。」某次被責罵了，我一時氣憤不過，跑去找老爸吐苦水。

「能者多勞你有聽過吧？」緣木求魚，我竟然跟老爸抱怨這種事，還妄想可以撒嬌。老爸果然展開精神訓話。

「我以前當班導師，也會觀察班上學生。這小夥子看起來比較靈光，那個學生看起來比較精明，於是安排這幾個當幹部，看他們辦事的能力如何。通常我眼光很準，看中的學生表現都很不錯。」

「初步測試後，通常會挑出好些個學生，我就再考驗他們，給他們更多吃重的任務。這時候，『不錯』和『優秀』之間的差別就顯現出來了。頂多一兩個，不多，搞不好一個也沒有喔，但真正『優秀』的學生，你交代再多事，他們都可以處理得很好，不該是他們做的，他們一樣會幫你做好。」

老爸雙手一高一低地比著，一看也知道是激將法。我左右瞧瞧覺得有點刺眼，瞇起了眼睛。小惡魔在一旁努力反擊著：「優秀和不錯又怎樣，老師也不會因為這樣，考前多告訴你兩題答案。」

老爸乘勝追擊：「這不是偏心喔，這是課本以外的因材施教。你們老師正是在考驗你，等到你證明自己是塊料，他就會教你更多東西，讓你變得更厲害。」

「金捏？挖聽哩咧共夠咧……」（台語：「真的？我聽你在講古咧……」）

表面上是這麼說，但小惡魔早就在老爸又捧又激之下，消失得無影無蹤。隔天到了學校，不知道是不是心理作用，老師看起來也睿智慈祥了幾分。

。。。

在號稱全國社團最豐富的師大附中念書那三年，我一個社團也沒參加過，後來一直對此感到很後悔。

進入大學的殿堂後，代表著可以名正言順只用三分之一的時間念書，其餘時間要從事社團和愛情活動。我滿心以為，一直鼓勵我要像章魚多伸展觸角的老爸，該轉而關心一下兒子的感情生活，勸我多跟女孩子交往了。

「既然進了台大，系所這麼多，你有空就多去旁聽一下別的課程吧，不要只在電機系裡。為學要如金字塔，要能廣大要能高。」

這就是老爸送給我的大學入學禮物。只是很慚愧，除了在大三修過個體經濟學，研究所旁聽過人體潛能專題，以及上過一些通識課程，這部分我可說是辜負了老爸的期望。

「建不了金字塔，蓋座一〇一大樓可以嗎？」我笑著開老爸玩笑。

只是很遺憾，這棟大樓進度緩慢，還沒竣工以前，總工程師就先離開工地一步了。

曾經，在《紅樓夢》裡看到這句話——「貪多嚼不爛」。之後我便像如獲至寶般，每次老爸要我幹嘛，我都會拿來當擋箭牌。

然而，我發現自己後來做研究時，常習慣去其他領域挖掘適合應用在題目中的演算法，也會不持成見地接納各種立場的言論。德國教授甚至提過，會主動邀聘我留下來當研究員，最主要的原因不是我研究做得多好，而是我在當助教時，主動推導、檢查了上百頁講義裡的每行公式有沒有問題。

但其實我只是不懷好意一心找碴，想在 Skype 上跟老爸說：「德國人也沒嚴謹到哪裡去嘛，式子都寫錯了。」

不過我心裡知道，能走上研究之路，得歸功於老爸從小帶著我，在不同的知識技能間周遊列國，督促我要主動積極地拓展視野。

儘管，他總是坐在沙發上或書桌前，笑著出一張嘴而已。

真正的幽默

身為「二十世紀末少年」，我們誕生在網路蠻荒的末世，不過也早把大自然拋在遠處。有關娛樂的回憶，絕大多數都是由任天堂及漫畫所占據。

愛跟我搶電動的老爸，自然在漫畫領域也不會示弱。

那是單行本漫畫新書六十元、舊書打對折、「哆啦A夢」還叫「小叮噹」、《亂馬1/2》還叫《七笑拳》的年代。記得一到暑假——

「那個《魁！男塾》漫畫，最新一集出了嗎？」

「我剛去文具店沒看到。」

老爸點了點頭，有點惆悵地敲著銅板回到自己書桌前，繼續寫字典。

每次撒野回來，老爸都可以從我舌頭吐出的長度，了解今天室外的氣溫。正當我在翻找冰箱時，老爸的聲音又從後面傳來。

「那，那個，『櫻木花道』咧？」

「什麼『櫻木花道』，那叫《灌籃高手》，名字還記錯。」

被指正的老爸臉上閃過一絲害羞，隨即把手中的幾枚銅板塞進口袋，默默不語地又回到書桌前。看來暑假坐不住的人，不是只有我一個。

我很開心地跑到老爸旁邊，學著漫畫裡櫻木花道的動作，一手拍著老爸的下巴，一手拿出剛買的《七龍珠》。

「老爹，要不要看啊。」

「不看了，我要專心寫字典。誰像你這麼糜爛。」

自討沒趣。我拆開漫畫後，趴在客廳地板上看，看完隨手扔在爸爸去上廁所會經過的路線上，進房間背詩，做打電動前的暖身準備。半小時後，出來準備搖頭晃腦一番時，果不其然，有個放大版的我躺在地板上，津津有味地看著我剛才「不小心」亂放的漫畫。

「好小子！我在背詩，你在看漫畫，這成何體統。」

我學爸爸斥喝我的口氣，他絲毫不理會我的嘲諷，依然沉浸在賽亞人的對決裡。我湊過身去，靠在老爸的手臂上，跟著他又重看了一次。看完後老爸坐了起來，才故作懊惱地把漫畫放到一邊。

「故意誘惑我，你是蛇。」我始終不知道這跟蛇有什麼關係，直到有一次翻了別人送我們的《聖經》童書版，才知道那是勾引亞當、夏娃偷嚐禁果的經典角色。

DRAGON BALL

除了漫畫，每週六晚上九點，老爸一定會坐在沙發上看美國影集「家有阿福」、「我們這一班」和「妙管家」。向來妨礙我們看電視的大魔王，這時竟站到同一陣線，我們當然是倒履相迎，削好水果泡好茶，全家人難得地一起看電視。

沒有人會在這時候問你：

「衣服收進來沒？」

「下午的詩還記得嗎？」

「考試考得怎樣？」

坐在老爸旁邊負責當陪看小弟的我，有種身處颱風眼，晴空萬里的感覺。特別是看到好笑的地方時，爸爸笑得比誰都誇張，有時還笑到岔氣，臉紅得像喝了酒。

豈料，廣告時間一到，又颳起了教育的暴風雨。不管是漫畫還是影集，比起我們只圖個開心，老爸總會煞有其事地想從中找出一些可以教育小孩的成分。

「如果你是《七龍珠》裡那個角色，你會怎麼做？」

我壓根兒沒想過這問題，只幻想要是有觔斗雲，早上就可以睡晚一點。

或者，老爸也會說：「剛剛那樣講話真的很幽默，非常有智慧。」

我當時無從理解幽默和智慧有什麼關連，總以為幽默就是好笑，智慧就是聰明。

在班上，這兩樣能力加起來通常為定值——最會逗人笑的那位同學，考試分數總是比名次還低，而最會考試的那位，下課也總是不為所動地在念書，毫無趣味可言。

幽默、風趣，應該是老爸受我們小孩歡迎的最大原因，也是他再三想幫我們培養的能力。

「幽默表示一個人聰明、反應快，行為舉止得宜，最容易受人歡迎了。」

從小，為了培養我的幽默感，老爸曾經訂了好長一段時間的《讀者文摘》，要我看裡面的「開懷篇」、「各行各業」等短篇笑話。

「我認識一個朋友，他自覺口才很差，所以看很多這種笑話，挑幾個有趣的背起來，一到需要的場合拿出來講，很快把大家逗笑，氣氛就不僵了。」當時，《讀者文摘》是許多家庭裡流傳的讀物。某次，剛認識的朋友講了個似曾相識的笑話，私下我立刻找機會問他，家裡是不是也訂了《讀者文摘》。

姑且不論老爸口中那個背笑話的人，到底是他的朋友還是老爸本人，向來不擅長刻意說笑的我，並沒有達到老爸的期望，在廁所裡翻完書，原本該背起來的笑話也隨著沖掉了。

「幽默風趣雖然很重要，但切記不可以傷到別人。」

有一天放學回家，我被老爸這樣告誡著。原因是我對下課後還在問問題的同學，說了一句當時很流行的刻薄話：「這也要問喔？你媽生你笨不是你的錯，但你笨還出來丟人現眼就是你不對嘍。」

全班聽了大笑起來，只有那位同學臉漲紅得像麥當勞生日派對掛的紅色氣球，兩眼直直瞪著我。

聽完這話之後，不發一語的還有第二個人……

「只要有一個人被傷到，你的笑話就是失敗的。」老爸正色要我明天去向那位同學道歉。原本很開心跟老爸分享卻反而被訓的我，心裡很不是滋味。

「嘖，那我明天去說，對不起，你笨不是你媽的錯，真的是你自己的錯。」

「還在逞口舌之快，不知悔改啊。」

每次都這樣，嚴以律「子」。

「別人也嘲笑過我，你那時就要我笑嘻嘻地接受。」我不平衡地抱怨著。

小時候我曾經因為被嘲弄而和同學發生爭執，回家後想在老爸這兒討些慰藉，卻一樣被數落了一頓。

「不一樣，別人是別人，你是你。真正有涵養，懂得什麼叫幽默的人，不會拿別人開玩笑，而任何人針對他開的玩笑，他也都能欣然接受。」

說著說著，老爸忽然拍起手來，乾笑了兩聲：「你說得很好笑，哈哈。」

發生什麼事了？我一時有點錯愕。老爸回復嚴肅的表情認真說道：「像這樣，別人嘲諷你的時候，你一笑置之，他反而覺得，哎，奇怪，怎麼這小子這麼有肚量，不生氣呢？」

我心裡直犯嘀咕抱怨著。是啊，我連笑完後別人背地裡會怎麼說，都可以預見：「他爸生他反應遲鈍，真的不是他的錯。」

當時我總覺得，這樣只會讓欺負人的一方更氣燄高張。像老爸這種辯才無礙的人，一定沒什麼被欺負的經驗，外行人的建議還是聽聽就算了。

「幾次下來，對方就會覺得沒意思，嘲笑你也不好玩。你愈是激動不高興，別人愈愛捉弄你。但反過來，你更不能嘲弄他人。一來，真的傷了人很不好；二來，如果對方是小人，不像我們這麼寬宏大量，就會記恨一輩子，找機會來報復你。」

啊哈，抓到了，爸爸也在拐彎罵人心胸狹小呢。

我露出微笑聽著。老爸不知道我在腦子裡把這些話曲解成什麼，以為我接受了他的論點，開心地繼續說：「所以我們真的要開玩笑時，寧願挑自己下手，既不得罪人，又可以博君一笑。」

我想起老爸每次跟我出去時，最愛在人前說：「我兒子總是說我『歹竹出好筍』，哈哈。」這到底是拿他自己開玩笑，還是拿我的玩笑話去說嘴，反過來讓我出糗呢？

。。。

最後一個月陪著老爸去推廣趣味數學，某次回家路上，老爸忽然拍拍我的手，笑說：「我覺得，這說不定是菩薩給我的機會。」

我腦中的搜尋引擎瞬間閃過十幾種關於「機會」的可能搜尋結果。很抱歉，查詢不到您要的結果。被屏蔽掉了嗎？

「以前，有些官員、老師會覺得我去推廣趣味數學是有所企圖、想求名利。但現在他們知道我沒幾個月好活了，不但會因為同情而跟我多談一些，更會知道我別無所求，只想把這個方法推廣出去。」

「這算是利用他人的同情心嗎？」我笑著回問老爸。

「沒錯，哈哈。」

當下，我對老爸所指的幽默感有了更深的體悟。

原來開自己玩笑，不僅可以讓他人開心，也可以讓自己開心。原來所有事情，如何看待都在自己一念之間。我們可以放任負面情緒滋長、怨天尤人，也可以像老爸當年說教時揮著手講的：「一笑置之。」

儘管癌症沒有隨著爸爸那隻揮舞的手跟我們道別，但它傷不了爸爸的心，影響不了爸爸的情緒。真正的幽默感，不僅是逗人發笑化解尷尬，更是看透一切的體悟。

「小時候，我在爸爸學校辦公室的桌墊底下，看過他自己寫的一首詩。」

老爸離開後，姊姊跟我提起了那首老爸有次開車時曾唸給我聽的詩，不知怎地她印象特別深刻。一邊講著，姊姊一邊默寫了出來：

〈心澄如鏡〉

物來則明，物去則靜，

來時不避豁然相映，去時不憶既然無影。

旅行的意義

在德國讀書時，有一次前往紐約。同行的一群人站在皇后區的連鎖旅館櫃台前，我掏了幾張美金塞給刷卡結帳的朋友說：「我多出一點吧，沒差。」

朋友用嘲諷的口吻回我：「怎麼變慷慨啦？以前幫忙買個便當，都要一手交錢一手交貨的。」

「我現在領德國人的薪水，接濟一下你這個窮學生。」我故作輕鬆地說。

的確，我一向斤斤計較，這是第一次裝大方，連自己都有點不習慣。但當然不是因為有錢擺闊，還不是因為某人的話。

「願車馬，衣輕裘，與朋友共，敝之而無憾。」

「跟朋友出去絕對不要吝嗇，要像對家人一樣互相照顧。我帶你出去吃飯的時候有說過，阿呆威，這頓交給你出嗎？」

「喔——又來了。但換個角度說，我們是一家人，我出去也從來沒請過你啊。」

很多事物，擁有時不懂得好好珍惜，嫌東嫌西，等到失去後才知道可貴，真是人性可悲的一面。

望著坐在大廳沙發上深深陷入回憶中的我，朋友應該是一頭霧水吧。

當夜，我們在布魯克林大橋漫步。曼哈頓島成了一顆巨大閃爍的鑽石，摩天大樓摘下了星星的光采，吸引全人類的目光。

在這所有人當中——

每秒有四．四位新成員呱呱落地。

每秒有一．八雙眼睛在世界的某個角落闔上。

那是二〇一〇年的三月，距離爸爸離開那一秒，過去了將近七個月。

。。。

「既然到了歐洲，就多出去走走看看吧。錢不夠我會想辦法，別擔心。」

這是爸爸在 Skype 上最常重複的一句話。

「讀萬卷書，行萬里路。」這是少數我樂於被老爸強迫的事。儘管每次講到後來，老爸都會忍不住提到：「記得看看人家的風俗民情，體驗一下，多觀察不同文化之間的差異，再思考有什麼是我們習以為常，其實卻不對、或是還有進步空間的地方。」把好端端的旅行講得好像是校外教學，回來得寫個三、五千字報告一樣。

第一年在歐洲時，我跑遍了八個國家，二十幾座城市。

在希臘米克諾斯島上，遇到正宗藍屋頂白牆壁的豆腐屋。

從德國科隆火車站出來，撞見抬頭望著脖子都會痠，蓋了七百年的科隆大教堂。

在比利時首都布魯塞爾，發現尿尿小童原來比北投公園噴泉中間的柱子還要小。

我像上癮般不斷跳上各種交通工具，飛機、火車、船、巴士……然而，偶爾獨自坐在車上，總是會想起兒時全家出遊的熱鬧景象。

小時候每次要出門，都會因為姊姊或媽媽花了太多時間準備，惹得早早把車開來等的老爸生氣。

「拖拖拉拉的在幹嘛。」

看到老爸不高興，我侷促不安地在樓梯間穿梭著，希望能趕快出發。

「喝口茶，出來玩就不要不開心啦。」

在車上，老媽會拿出準備好的點心跟飲料給我們小孩子吃，再用一杯茶不疾不徐地澆熄老爸的怒火。沒多久，車子裡又開始充斥著嘻嘻哈哈的喧鬧聲。

約莫一個小時後……

「爸爸，阿威又要吐了啦，好噁喔。」

右側方向燈亮起，車子緩緩停在路邊，掛著慘白臉色的我蹲在路邊乾嘔。

「哎，怎麼這麼虛弱，坐個車也暈成這樣。」

這也不是我想要的，怎麼生我的人不檢討一下。

儘管被罵，儘管暈車，旅行還是很愉快。爸爸偶爾開心地放開方向盤，說自己是影集「霹靂遊俠」的主角「李麥克」，我們一邊喊危險一邊跟著大笑。車速增加，周圍景致成了快轉倒帶的影片，我整個人也彷彿隨之起飛，把一切煩惱拋在後面。且慢，那時候有煩惱嗎？似乎連這詞彙都不大存在過。

。。。

搭上紐約地鐵，出站到了時代廣場，數不清的巨型螢幕豎立在四面八方。每幅電子看板都是一道正在洩洪的水閘，無數的訊息從中奔騰而出，將資訊爆炸時代具象地呈現在我眼前。雖然是第一次來，但好幾處風景都似曾相識，在某部電影裡出現過。

這之中應該也有我跟老爸一起看過的電影吧。我拿起了相機，「喀嚓」一聲，把喧囂的時代廣場化作一串寂靜的零一數位信號，收進記憶卡中。

。。。

在歐洲體驗「空檔年」（gap year）的那段時間，我有時會認為自己是懷著使命感在從事一件任務。

爸爸也很喜歡旅行。我曾經在他的筆記本裡看過「遊遍好山好水」的字句。從「八千里路雲和月」到「Discovery 旅遊探索頻道」，只要螢幕上出現壯麗風景或名勝古蹟，老爸都會喊我一聲：「阿威，幫我把書桌上的眼鏡拿過來一下。」

奈何經濟考量，無法全家人一同出國，爸爸只好不斷想著，等到哪天字典編好了，說不定會有點時間也有點錢，那時候再說吧。或是，至少讓兒子代替我去看看。

站在火車時刻表前，我拿著一百歐元的車票，用這個理由試圖寬慰自己的浪費。

於是我衝到巴黎香榭大道的安全島上，只因那邊是拍下凱旋門全景的最佳場所。

我坐在佛羅倫斯的百年老餐廳，對著翡冷翠大牛排調整拍攝角度，拚命謀殺記憶體。

我又流連於巴塞隆納的聖家堂，像建築系學生來朝聖一樣，同時不放過每個跟數學有關的角落。

趁著回國，父子倆坐在客廳裡，我一張張解說著照片。

「這是阿姆斯特丹紅燈區白天的景象。晚上不能拍，如果拍了，我現在就是腫著兩個黑眼圈回來。」

「哈哈……」老爸向前傾身，專注看著連續幾張相似但沒有重點的荷蘭街景照。

「這是巴塞隆納，整座城市就是因為高第一個人，躍上了世界舞台。我看全市大概有三分之一人口是靠他吃飯的吧，真了不起。」

螢幕上閃過好幾座知名的高第建築：奎爾公園、米拉之家……

「你也辦得到啊！」

「什麼？」

「『大丈夫當如是也！』說不定以後大家來台北，會跑來北投特地參觀賴以威的家。重要的是不要畫地自限，妄自菲薄。」

有人誇艾倫．狄波頓是位「連掃帚的傳記都可以寫出來」的才子，我也要誇獎我老爸，是個「連看照片也不忘機會教育」的優良教師。

「你一個城市要待久點，住上幾天慢慢看，不要走馬看花到處拍拍照就算了。那樣一點意思都沒有。」

還敢說，小時候我們全家出遊，常常好不容易開了一兩個小時的車到金山，下車在廟口吃了盤鴨肉後，老爸便擦擦嘴巴說：「好，回家吧。」所以我們都愛虧爸爸，是想要人家陪他兜風，而不是要帶我們出來玩。

一次開了更遠的車到台中科博館，車一停好，老爸竟然說要在車上睡覺，要老媽帶我們去逛就好，真是差點沒讓大家暈倒。後來才知道，原來一早天沒亮就出門，一路塞到台中，對駕駛而言是多麼耗神，可能老爸擔心回去又塞車，他會不小心打瞌睡，才不得已在車上補眠。特地到了台中卻無法參觀，又要被我們不停埋怨，也真夠老爸受了。

趁老爸專心看照片時，我瞅著他的側臉，領悟到：比起旅行的過程，我更喜歡這樣與老爸分享照片的時候。

。。。

「其實，說不定爸爸就在我身邊跟我一起觀光紐約，這樣我就不需要拍照了啊。」

我又開始自我安慰，但透過鏡頭看出去的風景，依然罩著那片拿不下來、哀傷的濾鏡。打從四處旅行開始，我以為自己漸漸習慣了一個人的生活，但直到現在，才知道原來過去的我從不孤單。

我第二次出國前，好久沒有家族出遊的我們決定一起去陽明山，想在家裡寫數學的爸爸硬是被姊姊拖了出來，一路上苦著臉，像極了我國小段考當天去上學的表情。

然而幾個小時後，只見爸爸在野菜餐廳裡唱卡拉ＯＫ，用他渾厚的聲音開心唱著自己年代的歌。離開時，我悄悄拉了爸爸的胳臂問他：「好不好玩啊？難得出來走走。」

「還可以啦，我比較想趕快回去寫數學。」老爸嘴硬地說，臉上卻有著近日來難得放鬆的表情。

那是睽違已久的全家出遊，卻也是最後一次。

晚上，朋友打電話給家人報平安，我從口袋裡掏出手機把玩。大前年爸爸生日時，我就是用這支手機，從威尼斯旁的雷斯島打電話給他。

「生日快樂！哈哈，我在威尼斯喔！」

「咦？你不是在旅行嗎？怎麼有空打電話回來。」老爸的聲音聽起來有點驚訝。

「我在的這個島很特別喔，每一間房子都漆成不同顏色。來，我給你聽聽威尼斯的聲音。」我把手機從耳旁移開，高舉在空中，才發現四周一片寂靜，只聽得見船隻偶爾經過的聲響。

糟糕，想耍浪漫卻出糗了，還好對象是老爸。

當我把手機再貼回耳旁時，卻聽到一陣：「喔——喔——」

真是又好氣又好笑，也隱隱有股說不出來的感動。

「你在亂『喔』吧，根本就什麼都沒聽到吧。這邊超安靜的。」

「哈哈，臭小子騙我，我還想怎麼我聽力退化了這麼多。」

我捲動通訊錄半晌，再默默地按下鍵盤鎖。

這是二〇一〇年三月，距離爸爸離開已經六個月又二十七天。

爸爸

| 第二篇 |

心中的大樹，大樹的心中

年紀稍長後，我漸漸了解，爸爸就像鋼彈卡通裡的機器人一樣，在巨大外表下，真正的駕駛員只是個正常人。

他有困擾徬徨的時刻，也有需要人諮詢商量的時刻，更有刻意隱藏起來、不欲人知的脆弱時刻。

一直躲在名為「父親」的大樹下乘涼避雨的我，這時才知道，原來身後這株看似屹立不搖的擎天大樹，也需要人灌溉照料。

我試著以學校生活的故事為肥料，豐富居家老爸的日常樂趣。

我也以在外闖蕩得到的新知識為樹剪，修飾老爸，讓他融入變化劇烈的新時代。

當他對爺爺、奶奶的思念，從回憶中如狂風般吹襲而來，我則輕撫著這棵大樹粗糙的樹皮，

設法讓狂亂的樹梢安定下來。

然後，我又可以恢復原來的姿態，坐在突出的樹根上，背倚著爬滿深綠色青苔的樹幹，靜靜地伸出手——

朝向那斑駁樹葉外未知的無際藍天。

老爺車上的 Men's Talk

同樣打開車門，夏天迎面而來的是一陣悶熱的濁氣，冬天則是溫暖的車廂在招手。小時候，怕冷的我每當遇上寒冬，總是趕緊躲上車，從副駕駛座看著爸爸繞到車頭，打開引擎蓋，拿根長長的鐵條往某個孔伸進伸出。似乎是在確認有沒有水痕？以前問過爸爸，但總是問完就忘，沒放在心上。

反正有問題爸爸會解決。這種依賴的習慣，即使到了大學也不曾改變。

高三那年更是如此，每天都是爸爸接送我上下學……

。。。

遠遠望去，別克老爺車一如往常，停在建國北路和信義路交叉口的郵政總局旁，夕陽下青色的車身跟綠色的郵局大樓，讓人看了有種放鬆的感覺，彷彿位在北投的家被快遞到學校旁了。

這輛老別克是我國二那年，爸爸退休後買的。考量到要載一家六口出遊，老爸買了一部比較大的別克——Buick轎車。藍綠色烤漆配上流線型車身，車頂上有個天窗，有時車開到郊外，我們幾個小孩便輪流把頭探出來，像尼斯湖水怪般呼吸大自然的空氣。

後來，附近的鄰居也買了部一模一樣的車。有次老媽沒注意，在路上看到了便伸手攔住，打開車門才發現自己搞錯了。

真是少根筋的老媽。不過，就這樣停下來的鄰居也很奇妙。

為了和鄰居的車有所區別，爸爸後來在車上裝了深灰色窗簾，像西方貴族的馬車一樣。只是隨著時間流逝，窗簾漸漸褪色，像是洗白一樣變成了淺灰，原本拉風的別克成了我們口中的老爺車、心中的家族成員一份子。

「等很久了嗎？」

「沒有啊，剛到而已。今天在學校過得怎麼樣？」

爸爸把手上的《聯合晚報》收起來，要我繫好安全帶。那個年代還沒有手機可用，每天放學的時間也不大固定，但不管什麼時候走到約定的地點，老別克都像是一整天停在那兒似的，永遠立刻映入眼簾，簡直可說是「老爸快遞，使命必達」。

「我對你這麼好，每天接送，你是不是應該考好一點來回報我？」爸爸有時會開玩笑地說。

但如果真的沒考好，可就不是一句玩笑話了得了。

因為高三即將迎來聯考，原本每天送我上學的爸爸，更是「加倍」連放學也來接。我一天來回兩趟，他就要來回四趟，三年下來，一共是一千六百趟的接送。

怕堵車的爸爸清晨六點多就出發，我在車上把椅子放平，繼續睡覺，運氣好時還可以接上起床前做到一半的夢。

「我每次都安安靜靜躺著，你會不會覺得自己是在開靈車啊？」

「呸呸呸，大清早別講這種不吉利的話。快睡你的覺吧，念書念那麼累。」

我不好意思跟爸爸講，昨天晚回家，是因為去學校對面的網咖跟延平高中打了幾場校際友誼賽。

高三開學沒多久，上學經過重慶北路交流道前的麥當勞「得來速」時，爸爸動不動就問我：「要不要吃麥當勞？」

「不用了……幹嘛那麼常問我要不要吃麥當勞？」

他沒回話，我回到夢境裡。

朦朧中，我過了一會兒醒來，爸爸才有點不好意思地說：「你記得當年考資優保送時，也吃了麥當勞早餐嗎？」

「啊……好像有這麼一回事。」我迷迷糊糊地想著。

爸爸又說：「你後來跟我說，是因為吃了麥當勞幸運早餐才考上的。」

「說不定喔……」我自己都忘了，心裡有點訝異爸爸也有迷信的時候。

就這樣，之後每次段考、模擬考，爸爸都會自動繞去麥當勞買早餐。聯考前一天看完考場後，我們還特地去找附近哪裡有麥當勞。

滿福堡、薯餅、冰咖啡加兩個奶精球，這是爸爸獨家販售、祈福的考試御守。

。。。

爸爸退休得早，可以自由支配所有的時間。永遠覺得自己對小孩不夠關心的他，最直接的表現方式就是開車接送，一直到我上了大學，他偶爾還是會主動問我要不要他載。有時我怕爸爸麻煩，婉拒了，他甚至會找理由。

「我在家待太久了有點悶，想出去兜兜風。」

「我想去公館買書，順路。」結果晚上問他買了什麼書，又說找不到停車位就沒買了。

也因為這樣，成年後我們父子間的「Men's Talk」大多在車上進行。直到現在，我一閉上眼睛，彷彿還能看見爸爸右臉上被歲月註記的皺紋，以及他把手擺在方向盤上、邊注意交通狀況邊跟我聊天的模樣。

我們之間的話題，隨著我的年紀逐漸變化。

高中時談的是朋友、學業、青春痘。為了最後一項，爸爸還陪我連續兩三個月、每週三下午翹課去陽明醫院。我在候診區看過期的《少年快報》，他在一旁諄諄強調男人重要的是內在而不是臉蛋。

大學時談的是女孩子、數學、不聽話的家教學生。我曾在幫爸爸解完他的趣味數學時，抱怨學生怎麼不像他這麼認真。爸爸一聽，先嘲笑我還不是靠他逼出來的，再告訴我何謂循循善誘。

研究所時，我們談我的未來，那時因為我醒著的時間多半不在家，所以也會聊聊家裡成員的近況，還有爸爸的煩惱。

爸爸後來最常問我一個問題。

「數學和字典，我該怎麼取捨呢？」

「我的建議是兩個都放下，好好去享受人生。」

「你明知道這是不可能的，我兩個都想完成，怎麼可能都放棄。」
「那就丟銅板吧，正面是數學，反面是字典。」
「呿，怎麼可以這麼隨便。」
「如果丟到字典卻猶豫了，那表示你想要的其實是數學。反之亦然。這樣就可以知道你真正的心意了。」
「嗯，好像有幾分道理。」
「是啊，每次逛街看到兩件喜歡的衣服，我都是這樣做的。」
同樣的話題因為一再重複，到最後我跟爸爸開起了玩笑。但我們都很清楚，這兩項既有益他人、又令爸爸沉浸在其中的夢想，任何一項他都無法輕易放棄。

多年來的相處與對談，就像連通管一樣，不知不覺間把爸爸信奉的價值觀，引導到我的人格深處。雖說是父子，但我們更像一對忘年的知己，很多話往往說到一半，對方就知道了。

我看著爸爸為了理想而苦惱，心中倒有幾分羨慕。不知道為什麼，在這方面我完全沒有遺傳到他，始終找不到可以讓自己全心投入的事情，簡直是「失落的一代」的中堅份子。

「等你年紀再大一點、經歷也多一些，就會明白了。」爸爸聽完我像是為賦新詞強說愁的一番話後，如此告訴我。

「不過記得，有能力要多幫助別人。看到受你幫助的人有所收穫，也會跟著得到很多，那種喜悅才是真的。」爸爸握著方向盤的表情顯得很認真。

我一直到爸爸離開後，才找到自己的理想，漸漸了解他話中意義。

。。。

關於老爺車上的回憶其實還有很多，雖然不一定稱得上「男人」之間的對話，卻叫人難以忘懷。

大學時，我曾經因為吃壞肚子，兩度被送進急診室。第二次剛好是讓捷運變成地底運河的納莉颱風侵襲隔日，我躺在車上像是快臨盆的孕婦一樣，每隔幾分鐘就因為陣痛而喊著：「好痛啊……怎麼還沒到。」

颱風剛過，許多道路積水封閉，躺著的我瞇眼望向滿臉著急的爸爸，他的胸口貼著安全帶微微往前傾，直探頭看著哪條路可以快點到醫院。向來很愛小題大作的我，一想到再這樣痛下去說不定會沒命，跑馬燈便自動在眼前運轉起來——

小時候為了探究左右耳是不是彼此連通，曾拿起玩具往耳內一插，結果刺破了右耳膜。爸爸急忙抱著我去醫院檢查，晚上還跟老媽在床邊擔憂地低聲討論，我的聽力會不會受損。（既然聽得見當下那樣放低音量的對話，想必沒什麼問題。）

每次染上感冒，爸爸一開始都會生氣地罵我不聽話，不肯多穿衣服、愛喝冰的、愛吃油炸的，咎由自取，但到了半夜，他又會跑來陪我悶在棉被裡，直到全身出汗。

高中時，每天早上都是跟爸爸一起上學，從右側的角度看爸爸開車，但從來沒想過，比我更早起的老爸，難道都不會累嗎？

我又想起昨天，跟爸爸開車去麵包店，貪吃的我偷偷買了一個雜糧麵包，老爸也成為貪吃共犯，分食了一部分……

「一定是昨天那個麵包害的！那個雜糧麵包。」我像偵探漫畫裡發現兇手那一瞬間的主角，只差沒來個跨頁特寫。

我沒頭沒腦地問爸爸：「你也……噢……吃了……啊，你……噢……沒事嗎？」

老爸根本沒聽懂我在哀嚎什麼，依然專心看路。等遇到紅燈停車時，他轉過來問我有沒有好一點，我滿腹疑竇加上滿腹疼痛地又問了一次。

「昨天那個雜糧麵包有問題。你不是也吃了三分之一嗎？都不會不舒服喔？」

爸爸把手放在肚子上，像在聽有沒有人敲門。專心感覺了一會兒後，他回答：「不會。」

後來到醫院，我跟章魚一樣吐了一整袋黑色的膽汁，躺在病床上休息時，坐在一旁陪我的爸爸才笑笑地說：「是不是被你影響的，我的肚子好像有一點點痛吔。」

直到現在我依然不知道，當時爸爸是真的發作慢、感覺遲鈍，抑或是急著送我到醫院，所以在車上時，連自己的疼痛都感受不到了。

幸福的原點

除了「三顆肉圓」之外，爸爸還有沒有其他的床邊故事？我的印象已經很模糊了。

「有啊，爸爸很愛講他跟爺爺的故事。爸爸考上師專放榜那晚，爺爺帶他跟叔叔去夜市吃宵夜，爺爺最喜歡切一盤小菜下酒了。」姊姊調閱出她的記憶。

但這是哪門子的床邊故事啊，應該是觀光夜市的宣傳短片吧！

儘管對下酒菜的故事沒印象，我卻深深記得小時候受老爸影響，對爺爺有種莫名的崇拜。

「爺爺長什麼樣子呢？」有一次我問老爸。

「牆壁上掛著的照片就是嘍。」

之後有好一陣子，我每天下午跟著老媽在教師辦公室裡玩的時候，總是很苦惱。究竟爺爺是頭尖尖、留著白鬍子微笑的那位，還是有點胖胖的、帶著粗框眼鏡、黑頭髮往後梳的那位呢？

但連自己的爺爺也分不出來，這個問題我真是問不出口。
不過爺爺果然很厲害，學校也要擺他的照片。
直到某一天，我在奶奶家望著牆發呆，看到一張其他地方都沒有的泛黃照片，才驚覺，原來那張照片裡頭的青年才是爺爺。而學校牆上的，是處處可見的蔣氏父子。
從那時候起，「爺爺很年輕」的印象就錯植在我的腦海中，後來聽老爸講爺爺的故事，我一直很難想像他們爺倆相處的畫面。

。。。

大學時，某一年過年前，老爸一早喊我陪他去買菜。
從前每到過年，家裡便會忙得人仰馬翻，先是大掃除，再來是準備年菜。年菜一定要有整套三牲跟一鍋長年菜，在小學當老師的媽媽，總是趁著在客廳休息時偷偷抱怨：「好不容易放假了，結果更累。」
除夕當天，家裡會有老媽準備的和三位叔叔家各自帶來的年菜，用來祭祖拜拜，常常一整張桌子都擺不下，還得搬幾張椅子來放。望著滿室的年菜，就像是競賽前揖讓而升一樣，我總是忍不住想著：「未來一個月請多多指教了。就看是我先吃光你，還是你先壞掉吧！」

但那年不同。

「怎麼今年不自己煮年菜，要買現成的呢？」我在車上納悶地問。

「老了，沒那個力氣了。」老爸一句話打斷我的記憶。

我轉頭想確認這句話是開玩笑還是認真的，但每天見面，我實在看不出老爸的外表是否隨著年紀有所衰老。

車子開到中山民生路口，老爸駛入慢車道，在一間餐廳前停下來，掏出菜單要我上樓去取菜，他先繞一圈再回來接我。

取好了菜，在樓下等老爸時，我仔細看了看菜單上寫些什麼，只見一張白紙密密麻麻地用鉛筆寫上取菜的餐廳和各種菜名：

小廣東：粉蒸排骨、薑絲大腸

天成燒臘：烤雞

……

上車之後我問老爸：「有沒有這麼講究，每間餐廳只挑一兩道菜。」
老爸沒有回我，只是把菜接過去，打開蓋子湊上鼻子聞了聞。
看著老爸這個動作，我想起國中時，晚上常跟老爸一起去中山北路的老爺酒店，接打工的大姊下班。偶爾提早到了，老爸會帶我去附近巷子裡的夜市晃晃，固定在賣鍋貼的攤子前停下來。一個個巴掌大的鍋貼煎好後，被老闆倒入壓克力罩子裡，老爸總是先左右移動調整角度，往沾滿油與熱氣的模糊罩子裡望去，宛如夜市稽查員在檢查今天的鍋貼做得怎麼樣，然後點點頭，滿臉笑容地回頭問我：「要吃嗎？」
走回停車處的路上，我趁著等紅燈時摸摸手中的袋子，確認鍋貼有沒有冷掉，然後扳開一點縫讓味道散出來，迫不及待地吸上幾口氣味。
「有這麼餓喔，哈哈。」
老爸邊笑邊指著旁邊的幾個攤子說：「這是以前我跟你爺爺來的夜市，那時不是這個樣子，還有些別的攤販。」
老爸小時候住的撫順街台鐵員工宿舍，就在這夜市附近。聽著老爸聊起往事，眼前的台北街景彷彿逐漸剝落，露出老爸描述的模樣。那時的台北市還像個尚未發育完成的青澀少年，承德路是條大水溝，美術館附近有個美軍俱樂部。一盞盞橙色路燈下，美國大兵們簇擁著濃妝豔抹的女子在中山北路上散步。

這時我意識到，我們繞了好幾間餐廳，似乎都是在夜市附近打轉。

之後到南門市場，老爸跟我一起下車去買菜。以南北貨與熟食聞名的南門市場，春節前夕洋溢著熱絡氣氛。老爸拉著我在人潮中穿梭，雖然是頭一遭來，很多攤位對我而言卻異常熟悉——「憶長御坊」、「逸湘齋」，都是家裡餐桌上常看到的名字……

「那個豬肉紙，你每次都是來這邊買的嗎？」

我們站在「金龍」攤位前看著堆成小山的肉乾與肉紙，一位大叔在我們身後的走道對面擺了個烤架，邊翻著肉乾邊招呼我們：「慢慢看喔，想要哪幾種儘管說。」

老爸問我：「想吃哪幾種呢？」

我猶豫了一會兒，以前都是家裡有什麼吃什麼，忽然要我挑真是有點困難。我還沒有想好，老爸已經開口先點了一大堆。

「啊，我沒有要吃那麼多啦。你買太多了，一半都還太多咧。」我趕緊拉了拉老爸的手臂阻止他。雖然很愛吃肉乾，但我可不打算吃一整個月。

「不是只有你要吃啊，其他人也要吃，過年時也要分一點給叔叔、姑姑們。」

爺爺在老爸還不到三十歲時猝然離開，身為長子，老爸從此擔負了照顧整個家族的責任。

我記得老爸提過好幾次，爺爺病倒的前幾天，他還陪著爺爺去買菜——當時，就是來南門市場吧。

那時候，爸爸和爺爺還不知道，不久後父子倆的人生即將徹底改變。也或許因為如此，老爸每每回想起過去，總是對爺爺在世最後那一小段平靜的生活，特別感慨。

看著數鈔票付帳的老爸，我接過他手上的好幾包肉乾，心裡似乎浮起什麼想法，但就像一團捏揉到一半的麵糊，看不清楚真正的形狀。

。。。

除夕夜到了，親戚們一如往常聚在一起，但自從奶奶生病之後，過年的氣氛卻是一年比一年淡了。

可能是小孩子長大了，大人們覺得不用像以前一樣，帶我們去放煙火或打撲克牌吧，抑或是我們小孩自己長大了，不自覺擺出對那些事情了無興趣的模樣，讓大人們提不起勁來帶我們去玩？

我坐在地板上看著HBO播放的不知名電影，腦袋裡好像有另一台壞掉的電視機，間斷地出現沙沙的聲響與閃爍的畫面。

坐在一旁的嬸嬸與老媽正在聊天。

「今年比較沒有煮啦，不然往年煮到手都痛了。買那麼一大堆菜，煮好幾天，最後又吃不完。喔，太累了。」

嬸嬸在旁邊接話：「對啊，聽說我們還沒嫁進來的時候，他們家買菜，一整頭豬就只差豬頭沒搬回來。」

這句話把我腦袋裡的電視天線扶正。前幾天在我心中浮現的模糊想法，變成了螢幕上清晰的畫面。

原來，不管是準備一大堆年菜，帶我去他小時候去的夜市，或是跑好幾間撫順街老家附近的餐廳買菜，以及最後去的南門市場，這一切的一切，都是老爸在回憶從前的日子，那與爺爺一起度過的時光。

老爸在我來到這個世上時是三十三歲，對我來說，老爸彷彿一出生就是負責照顧其他人的大人，從來不會、也不需要依賴任何人。

但原來，老爸也曾經像我小時候一樣——

曾經牽著爺爺的手在夜市裡嚷著要吃這、吃那。

曾經期待春節可以吃大餐、領紅包。

曾經抬頭望著爺爺，期待得到他的肯定。

我轉身望向餐桌，老爸與叔叔們正坐在固定的大人位子上聊天。忽然間，我好像對老爸更了解一點了。

所謂的家族關係，原來就像俄羅斯的傳統套娃般，大的套住小的，一個套一個，我們一邊撫育身旁的子女，一邊緬懷心中的先人。

。。。

在醫院的最後一晚，我坐在櫃台前，一邊等小姐開立死亡證明書，一邊摸著老爸使用多年的登喜路（Dunhill）黑色皮夾。那皮夾已磨得又薄又亮，老爸一向不喜歡把東西淨往皮夾塞，裡面只躺著幾張鈔票，還有健保卡，成了一幅哀悽的畫面。

「或許是這陣子太常跑醫院了，才把健保卡放進來吧。」

我隨手撥開零錢包的扣子，兩張一吋照片掉了出來。

是爺爺與奶奶的黑白大頭照。

我總以為我很清楚爸爸的心思，也好幾次察覺到他在言談中或行動上，不經意流露出對爺爺、奶奶的思念。但，原來那只是冰山一角。爸爸為了扮演可靠的父親角色，努力不露出脆弱的一面，而我總誤以為爸爸是真的很堅強，不需要任何人關懷。

一直到最後的最後，看到這兩張照片，我才知道——

或許，在獨處的時候，爸爸會看著這兩張照片，眼角泛光地緬懷那段和爺爺、奶奶一起生活的溫柔時光吧。

那是爸爸幸福的原點，如同他之於我一樣。

惜物鏈

老爸極度節儉。

某些習慣或性格若是超過一般人能容許的範圍，就會被稱為不正常。比方說，太活潑的小孩可能被稱呼為「過動兒」，社交互動有障礙，可能是患了「亞斯伯格症」。老爸之所以沒被判定為「捨不得扔東西過度節儉症候群」，單純只是因為這種病還沒有專有名詞罷了。

某次老爸爬山回來，進門後氣沖沖地質問坐在客廳裡的家人。

「怎麼褲子破了也沒人跟我講！」

大家還沒反應過來，老爸已經轉過身，只見他穿了好多年的西裝褲從中間縫線處長長裂開一道縫，褲裡風光一覽無遺。就像司馬懿在曹操面前露出的狼顧之相，老爸屁股對著笑倒在地上的我們，頭轉了一百八十度，看著我們繼續埋怨：「真的很丟臉吔，一路上我還覺得奇怪，怎麼今天路人特別和善，一堆人對我微笑，很多太太還露出一種很曖昧的笑容。」

老爸年輕時似乎是位玉樹臨風的美男子，邁入中年後竟是靠著近似暴露狂的演出，才得以重溫當年風光。

「屁股是人的第二張臉，你這不是丟臉，算是大大的拋頭露面了。」我笑著回他。

「我還很有禮貌喔，誰對我笑，我就點頭笑著回禮，現在想想他們一定被我嚇死了，褲子破成那樣還對著他們笑。」

講著講著老爸也笑了起來，接著轉頭對老媽說：「等等幫我縫起來吧。」

穿了那麼多年、又破成這樣，還要縫啊？

我在想哪天要偷偷去幫老爸做ＤＮＡ檢測，說不定會在他的長鏈聚合物中，發現老爸專屬的「惜物鏈」突變基因。

。。。

剛搬來北投時感覺家裡好大，大掃除的時候把洗潔劑灑在客廳裡，還可以光著腳丫溜冰。日子久了，東西愈來愈多，只是因為每天看，沒有什麼感覺。後來出國再返家，才驚覺家裡竟然堆了這麼多東西，從房間走到客廳得東繞西跨的。如果說人住的地方叫房子，東西住的地方叫倉庫，這麼多年來，我們簡直是借住在自己的倉庫裡。

或許是潛意識裡早已嫌家裡太擁擠，我從小愛丟東西，每年大掃除就像是「被拋棄、怒報復」的一方，死命地狂扔考卷、成績單、筆記本、講義、送不出去的禮物，只留下一個肩膀寬的小箱子，裝著劫後餘生的回憶，再趁老爸不注意，趕快拿到樓下丟棄。如果放在走廊，一定會被老爸發現，然後像流浪狗一樣翻找，又撿回一堆東西。

一開始看到我這樣亂扔東西，老爸總是很生氣地責罵。

「東西可以用的就不要丟掉，哪有人像你這麼浪費的。」

「你現在丟掉，以後要用的時候就後悔莫及。」

奈何「孺子不可教也」，每年總有一兩次，我還是會像得了躁鬱症的地鼠，拚老命把東西往外扔。後來，老爸默默當起拾荒老人，偶爾還得接受我的嘲諷：「我有故意塞一些好東西喔，你尋寶有找到吧。」

老爸很配合地亮出他的戰利品，總是比預料中多出很多。

對於我這個改不掉的習慣，老爸後來不再囉嗦，一直到他住院之後，偶然看見我把裝便當的塑膠袋揉成一團，才又講了一次——最後的一次。

那時，我笑著把塑膠袋遞給老爸，看他用微微顫抖的手慢慢攤平、摺好，忽然感到鼻子一陣酸楚。出院當天，東西太多沒辦法塞進包包，老爸示意我打開櫃子，裡面放了好幾個擺放整齊的塑膠袋。連說話都有點喘的老爸，用帶點得意的眼神望著我，我知道他想說什麼——

「瞧，東西留著有用處吧。」

隨著老爸的眼神，回憶如海嘯般打上我的心頭，再從眼角漫溢開來。原來，不只是爸爸，我也捨不得扔東西。只是我愛收藏的，是爸爸在我心中留下的每一個小動作。爸爸的「惜物鏈」不僅遺傳到我身上，更緊緊地將我們牽繫在一起。

然而，從小到大，家裡有一樣東西絕對不可以丟——書。

沒有人丟過任何一本書，連嘗試都不必，一定會被老爸立刻撿回來，再狠狠罵一頓。曾經在家裡翻到一本散文，作者聊到每次搬家都會狠狠整理出許多書回收，這段文字看得我怵目驚心，心想這種禁書若被老爸看到，一定會把他惹火。

儘管如此，我還是有很大的把握，老爸並不會丟掉這本書。

老爸吃東西也節儉得過分，冰箱裡快壞掉的菜，他常常照樣拿出來掃乾淨。某次我喝到一口過期的牛奶，差點吐出來，正要倒掉時，老爸過來說要確認看看，就這麼確認著，還剩四分之一的牛奶竟然被他全喝光了。

「你省這麼一點點，到時候拉肚子看病虧更多。」

我很不高興地數落他，但老爸揮揮手不以為意。或許，比起把食物丟掉，他更寧願忍受一下肚子痛。

「一粥一飯，當思來處不易；半絲半縷，恆念物力維艱。」

。。。

老爸節儉的範圍不限於家裡，對他的愛車也是一樣。拉風的老別克陪了我們家十幾年，算是很長壽了，但終於也漸漸出了問題。

念研究所時，某一年的夏天，常常出現類似的場景——

老爸跟我坐在老別克裡，塞在高速公路的重慶北路交流道上。整個台北曝曬在七月酷暑下，如海市蜃樓般晃動著，我將視線從燙得可以煎蛋的引擎蓋轉向老爸掛滿汗珠的右臉。

「別人看我們這樣，一定覺得我們是兩個運氣不好的偷車賊，偷到一台爛車。」

「哎喲，等一等車子上了高速公路，速度快起來以後，就會涼了。」

老爸苦笑著，臉上帶著幾分歉意。

「車老了問題難免多嘛。這車維修費又特別貴，每修一次，動不動幾萬塊就丟到水裡。」

因為冷氣壞了，我跟老爸屈著身子，不讓背貼著不透氣的皮椅墊，再把車窗全部搖下來，乞討著偶爾有其他車經過時帶來的微風。儘管如此，兩人身上的襯衫早已像性感寫真集裡的女星一樣，濕淋淋貼在身上。

「原本想說你要出門，我順路搭個便車可以少走幾步路、少流點汗，結果現在跟掉到游泳池裡一樣了。」我邊笑邊抱怨著。

其實冷氣早壞了好一陣子，先前修好又壞，老爸索性不修了。

「前陣子春天時，開窗還滿舒服的，是吧？」

老爸從口袋裡掏出手帕拭去臉上的汗珠，試圖替自己造成的窘境辯解。

那個夏天，我們不知道重複這樣的對話多少次。

有一陣子下大雨，隨著台北市不平穩的馬路起伏，隱約可以聽到車裡潺潺的流水聲，像是某種心靈音樂的間奏。我確認一下電台裡是趙少康劈哩啪啦地在討論時事，不可能放這種音樂，再側頭仔細聽，發現聲音來自右側的車門。

「你有聽到水聲嗎？」我把頭貼在車門上，像拿著貝殼傾聽海洋的呼喚。

「有啊，好像是你旁邊的那個車門裡積水了，後車廂也有一些。」老爸輕描淡寫地說著。

不過是積水嘛，耳朵差一點就聽不見，不是跟沒發生一樣？何必大驚小怪。

傍晚時，我自己搭捷運回家，看到老別克停在對面國小的門口前，空蕩蕩的後車廂開著，裡面的毯子上印著一些水漬。

「這樣風乾，不就沒事了嗎？」老爸在餐桌上得意地說著，夾了一隻蝦子給我。

「從車廂裡撈出來的，多好。」

還有一次，一早跟老爸出門時，發現駕駛座旁的照後鏡被撞斷了，之前才剛花了快一萬塊換過。老爸掂了掂歪歪斜斜吊在那裡的照後鏡，沉默了一會兒後走到樓上，下來時手上多了捆透明膠帶。他把膠帶厚厚地繞了幾圈，替照後鏡打了石膏。

出發後，等紅燈停下來時，老爸搖下車窗摸摸自己的傑作。

「你看這玻璃的碎片，每一片都可以看到一台車，真有趣。這些碎片的形狀在數學中叫做『偶然形』，意思是，沒經過特別設計的形狀。」

狀況這麼多還能說笑，也真是夠樂觀了。

不常開車的我有一次心血來潮，提議去學校的路上由我載老爸。一路上塞車不斷，直到上了建國高架橋路況順暢起來，我才發現事情不對勁。我用微微發抖的聲音問老爸：「那個，剎車怎麼不大靈啊，你看我現在踩著，卻還一直超車。」

我轉動方向盤繞過幾部車子，瞄了一眼腳下踏著的剎車，又看見儀表板的指針始終對著八十幾公里的刻度。

老爸不疾不徐地說：「這是要訓練你的開車技巧。亂踩剎車是很危險的，後面的車沒注意，立刻就撞上來了。」

講歸講，老爸右手不動聲色地向上抓住了門上的握把。

「亂剎車，坐的人也不舒服。你想開車，是打算哪天要載女生出去玩吧。如果亂剎車，人家就不敢坐你的車了。遠遠看到前面有車，不要再踩油門，讓車子慢慢滑，慢下來。」

一股寒意伴隨著腎上腺素，從我心裡深處往上蔓延。老別克的剎車竟然壞了這麼久我都不知道。

車子裡沉默了幾分鐘，然後好像剛剛的幾個理由還不夠充分似的，老爸又說：「這樣也比較省油。」

又過了幾年，老別克終於到了修都修不好的地步，在路邊一擺就是幾個月。每天不論是早上出門或晚上回家經過，遠遠就看見它停在固定的位置，像是辛苦工作大半輩子的大叔，退休後總算可以搬張椅子，在夕陽下乘涼休憩。我偶爾會去拉拉車門，檢查門鎖，像跟老朋友打招呼一樣。習以為常之後，也不再特別注意。

直到有一天，我忽然想起好些日子沒看到車，回家後問起坐在沙發上寫數學筆記的爸爸。

「你把別克車停到別的地方了嗎？它修好嘍？」

爸爸沒有立刻答話。只見他拿鉛筆沿著尺畫了一條長長的線，因為些微的力道不均，筆直的線露出了深淺不一的灰色。他頭也沒抬地回了一句——

「上週我請人來把它收走了。」

在那之後，爸爸沒有再買過一台車，改搭起大眾交通工具。

戰國策風波

我在德國的第一年，也是老爸、老媽學習如何用 Skype 講視訊電話的第一年。常常講著講著，螢幕裡便出現兩張嘴巴微微張開的面孔，不知道望著哪裡聚精會神，一動也不動，有時我還以為網路斷了。

「喂喂，聽得到嗎？還在嗎？」我敲著筆電的麥克風孔。

像玩一二三木頭人，等關主轉過頭去的空檔，老爸、老媽忽然動了起來，抬起頭看著視訊鏡頭說：「在啊，正專心聽你講話呢。」

不知道從什麼時候起，他們學會對著鏡頭講話，笑瞇瞇的眼神從螢幕那端直直投射過來，讓我錯以為和他們在家裡聊天。

每個週末的視訊通話，大多數時間都是我在發言，偶爾輪到老爸說話，也是褒獎居多。

「很好，你表現得很好。」

「太棒了，我覺得你愈來愈成熟，做事情愈來愈有條理了。」

老爸的肯定對我有實質上的重要意義，就像跑了幾十圈的F1賽車進維修站加滿油、換新輪胎後，又能精力十足地再衝刺一週。到後來我都有點搞不清楚，自己究竟是因為努力而得到老爸的讚賞，還是為了得到老爸的鼓勵而努力。

然而，有時一邊聽著老爸的話，一邊嘴角微笑做作地說：「沒有啦，這又沒什麼了不起。」往事卻浮現在我腦海裡，悠悠盤旋。

以前，老爸可不是這樣開口閉口都讚美人的……

。。。

大學時代的某天，我穿著新買的羽絨衣在老爸面前左轉右轉。

「怎麼樣？這件外套不錯吧！」

老爸「嘖」了一聲，斜著身子繼續看被我擋住的電視，直到進廣告才把視線轉移過來。

「沒什麼，看起來很普通啊。過來讓我摸摸看質料。」

「多少錢？」

「一千塊。」

我怕被罵，把已經打折的價錢再打對折報上。

「哎喲，買貴了，根本不值那個錢。」

看老爸一臉心疼的樣子，應該要說五百的。

「跟你說過，要判斷一件衣服好不好，有三個要素：輕、柔、暖。你這衣服既不柔，看起來又那麼重。」

「但是很暖啊，你看我都要流汗了。」

我趕緊跳幾下，讓身體發熱。老爸像在看搞笑藝人表演，而且還是最遜的Z咖。

「那麼大一件當然暖，那你披棉被不就好了。」

那時父子間很多對話都像這樣，常常想跟老爸分享些什麼，卻碰了一鼻子灰。在老爸眼裡，我似乎做什麼都錯，都會惹他不高興。如果是原本就可以教訓的話題，更是沒完沒了。奇怪的是，不知怎地，最後話題總是會繞到同一件事——

「叫你看古書你就是不肯，我買了那麼多書要你看，你都不看。」

老爸熱愛古文，認為裡面蘊含了人生所需的一切道理，甚至含括宇宙原則。

「古書是經過時間考驗、淬鍊得出的精華。你看從以前到現在，有多少書能留傳下來，也不過就那幾本，為什麼不好好讀一讀呢？」

眾多古書中，有三本書是最重要的——《道德經》、《孫子兵法》、《戰國策》。

迫於打電動得背詩，加上老爸買了本蔡志忠的《老子說》漫畫，小時候我硬是背了幾篇《道德經》，但長大後忘得差不多了，只剩下黃霑唱的——

「道可道，非常道。」

「臭小子，背來背去就那幾個字，還有三個字重複。敷衍我。」老爸不開心地說。

《孫子兵法》則是靠著爸爸偷天換日，以書取代了原本塞在大同電鍋裡的麻油，神不知鬼不覺跟我到了德國。

當我翻開書，第一眼看到——

「兵者，詭道也。」

老爸奸笑的臉似乎出現在發黃的書頁上。

後來有陣子因為無聊到甚至快跟自己聊起天來，於是拿出書來背了幾篇。

「不盡知用兵之害者，則不能盡知用兵之利也。」

我在老爸面前搖頭晃腦地吟著，他聽得很開心。

「繼續啊，沒背嘍？」

就像女孩子聽喜歡的男生告白到一半，老爸催促著我趕快往下背。

「讀到這裡的時候啊，我很有感觸。」我停下來說道。

老爸瞪大了眼睛，彷彿在想著朽木怎麼可雕了？不僅會背書，還會反芻思考呢。

「不盡知讀古書之害者，則不能盡知讀古書之利也。我得先搞清楚讀這些東西到底有什麼缺點，搞清楚之前就……先不背了。」

哎呀，老爸差點「動如雷霆」地揍我一頓。

前兩本還可以蒙混過去，背個幾篇交差了事。但對於《戰國策》這本既背不起來、又讀不通的書，我可真沒轍了。

偏偏老爸最愛《戰國策》。

「這裡面不是死板的教條，那麼有趣的寓言故事，可以從中學到很多應對進退、該怎麼跟人交涉的道理。我不會騙你啦，真的很有用。」

只要遇到什麼事，老爸都會叫我看《戰國策》。

家教學生不聽話，張儀可能知道該怎麼勸他。

買貴了衣服不會殺價，或許可以問一下公孫龍。

就連上課遲到，也得翻《戰國策》。怪了，難道裡面有捷運時刻表嗎？

一直把《戰國策》當古人八卦來看的我，休息時囫圇吞棗一番便扔到一邊。但是老爸可不會就這麼算了，不斷逼著我看，一陣子下來反而讓我把被罵的過錯歸咎於

《戰國策》，益發排斥。老爸察覺了，更是動不動就要扯到它。

或許就是這樣滾雪球般地惡性循環，才會導致後來的爭執。

。。。

某天晚上，我跟老爸一起去倒垃圾，順路到超市買了點東西。一路上，話題如同往常繞著我的生活打轉。

「唉，我修共同科目，同組的同學都不怎麼做事，跟他們溝通了也沒用，搞到最後只有兩三個人在弄，真不公平。」

我講到一半就發現不對，怎麼挖了個洞給自己跳呢？正想轉移話題時——

「你是怎麼跟大家講的？」老爸的語氣聽起來不大對。

我有點逃避地回答：「就當著全組面前直說啊。大家既然是一組，分數也拿一樣的，可沒道理誰多做誰少做。」

我心情直線落地，已經預料到接下來要發生什麼事。同時，一股不滿的情緒也隱約在更底層醞釀。

果然……

「你這樣講當然沒用，誰會理你。」老爸嘆了口氣：「你這樣命令人，為什麼別人要聽你的話，你算老幾啊。講話要婉轉一點。」

老爸用一點也不婉轉的語氣說出這句話，讓我感到格外諷刺。

「跟你說要看《戰國策》你不聽，那裡面有多少故事可以讓你學習。」

聽到那三個字時，我眼角的肌肉不自覺抽搐了一下。

「講話要像他們那樣，多用譬喻的方式，不要把話挑明了講。讓聽的人自己去揣摩解讀，不但可以達到目的，也讓人家有台階下。唉，為什麼就是這麼固執，為你好，你都不接……」

老爸最後一個字還沒說出口，我已經聽見自己的聲音高分貝地蓋了過去。

「煩死了！《戰國策》那麼有用，那它到底有沒有教過你，怎麼說服兒子看《戰國策》啊！」

在我停下腳步回嘴的那一刻，垃圾車的音樂剛好停止，一陣引擎發動的聲響帶走了周圍的吵雜與燈光，只留下路旁國小前庭裡的蟬鳴，與站在原地不動的我們父子倆。我整個人轉向老爸，他像忽然被拔掉插頭的機器人一樣，身子依然朝前，只有臉朝向我，神情嚴肅，什麼話也不說。或許這樣的沉默只持續了不到幾秒，但在老爸不露情緒反應的眼神下，我覺得彷彿過了好久。

終於，停滯的時間重新開始流動，老爸開口拋出了五個字：「好，我知道了。」話一說完，老爸自顧自地走了。我原本預期會有更兇的責備，怎麼落空了？

我愣在原地咀嚼老爸話中的意思，然後趕快提起腳步跟上。

回家的路上，沉默像是半路巧遇、蹲下來餵的小狗，一直跟在我們身後不肯離開。我偶爾用眼角的餘光看老爸，不知道他究竟有多生氣。畢竟父子間這樣吵架的次數，少到用半隻手都算得出來。街燈下的老爸有點駝背，兩手被剛買的東西重重地往下拉，冰淇淋跟牛奶，都是我說要買的。

那時候的老爸像是正在洩氣的氣球，一點一滴地縮小著。

我有種虧欠與罪惡感。

半夜起來上廁所，我瞧見爸爸坐在沙發上。客廳沒開燈，淡淡的月光灑在地上、玻璃桌上，以及爸爸的臉上。他下頷微抬，仰起頭閉著眼睛。我走了過去——

「對不起啦，剛剛我不是故意的。我也不是不肯看《戰國策》，但是，唉，我真的不喜歡你動不動就逼我嘛。」

我一邊道歉，一邊小心地為自己的行為辯解。爸爸依然不說話，彷彿客廳裡只有他一個人。

我搖搖他的手臂：「哎，你有沒有聽到我說話啊，還在生氣喔？」

爸爸緩慢地把眼睛睜開，望著天花板幾秒鐘，然後轉過來看我。

「沒有啊，我沒生氣了。」似乎因為太久沒說話，爸爸的聲音有點乾澀。

「真的嗎？騙人。」我不信地問他。

「嗯，你說的話很有道理。我也該再看看《戰國策》。」

爸爸異常簡短的回應，讓我摸不清他實際的心思。正準備再問，他露出淡淡的微笑：「真的沒有生氣了，你快去睡覺吧，明天還要上課。」

我用稍微張大了的眼睛詢問爸爸，他學起我的表情，故意也把眼睛瞪得大大的。

我被逗笑了，點點頭說：「那，爸爸晚安。」

「晚安。」

進房前，我轉頭一看，爸爸又回到剛才的姿勢，頭往上仰，雙手交叉放在肚子上，一動也不動地坐著，融化在背景中。月光在爸爸周圍淡淡地鋪上一層黃紗，那一瞬間，我好像特別清楚地看見了爸爸的表情，那閉著眼睛、眉毛皺起的表情。

之後，老爸再也不曾要求我看《戰國策》。取而代之的，是滿口鼓勵的老爸。

偶爾，在好聽的鼓勵背後，我彷彿可以聽到老爸內心說著：「好小子，我的《戰

國策》演練得不錯吧。為你好你不接受，還要老爸配合你。」

自己達不到要求，還得逼著老爸遷就，這樣的削足適履，讓我著實有些慚愧。也因此，每當我心中那部「奮發向上號」賽車在老爸的讚美聲中加滿油時，我便會想起這段故事，提醒自己更加把勁，好回報眼前這位肯為我做任何付出、任何改變的爸爸。

等等，我這樣的想法，老爸不可能不知道吧！

雖然我一直羞於啟齒，沒跟他說過。

難道，這早落在老爸的神機妙算之中？

孫悟空跟如來佛的故事，可不是寫在《戰國策》裡吧！

戰國策

家，必備的隨心行李

二〇〇八年四月的一天，寫了封信給德國教授後，我從房間走到客廳。

「我去就是了。」

「真的嗎？」

「對啦對啦，囉哩叭唆的，再吵就不去了。」

老爸笑得很開心，那是我事隔一年又有機會去德國做研究，老爸得知消息後幾週來，笑得最燦爛的一次了。

。。。

想想我對老爸，也算得上是九十依九十順。

小時候老爸來硬的，訂了一堆家規要我們遵守。考試成績要好，作息要規律，打電動前要背詩、還要先跟他玩場俄羅斯方塊。

長大後老爸來軟的，「要求」愈來愈少，「建議」愈來愈多。

很多時候，老爸是這樣開場的：「我的一些意見，你參考看看……」然後再這樣結尾：「你們是大人了，有自己的判斷能力決定自己的生活。我只能在旁邊給意見。接受很好，不接受，那我也不強求。」

我也開始留意到，自己望著老爸的角度竟是微微朝下。老爸不是一直都跟我一樣高嗎？什麼時候縮水了？

不過，這並不代表老爸心裡的想法真如表面上那麼柔軟。

就像女友看上百貨公司二樓專櫃的某條裙子，之後每次見面都跟你約在附近，你到了之後打手機問她人在哪兒——

「我在看那條裙子呢，好想買喔，不過沒有錢還是算了。看看就好。」

你可以選擇裝傻，跟她說一千八百年前有個人叫曹操，也用過同樣的方法激勵士兵，為此還有了個成語叫「望梅止渴」。但你鐵定會成為看穿曹操心思、卻還敢賣弄聰明而被抓去砍頭的楊修。

所以，大多數人只能選擇另一種方式。下次提早半小時，先來把裙子給包了。

老爸也是這樣。

高三時我很怕聯考，一直想靠推甄或申請入學。偏偏高一和高二的成績不好，怎麼也排不到想念的科系，最後填了完全不了解的清華大學工業工程與工業管理系——簡稱「工工」系。

這種怯戰的心思，老爸當然心知肚明。起先他好言好語問我幾次，要不要再考慮，但見我撒出類似「這是我的興趣」這種漫天大謊，老爸也就不再問了。

之後，每天例行的問候忽然變成——

「賴ㄍㄨㄥ ㄍㄨㄥ，你回來啦。」

「賴ㄍㄨㄥ ㄍㄨㄥ，吃過飯了沒。」

「奇怪，好端端的我兒子，怎麼跑去當ㄍㄨㄥ ㄍㄨㄥ了。」

老爸笑嘻嘻地暗示我再這樣下去，就等著被他嘲諷一輩子。

就這樣，從年底開始，老爸不斷地公公長、公公短的叫著。等到隔年學測成績公布，確定推甄上榜的機會很大後，我反而猶豫起來。

終於有一天，我跑到老爸面前。

「不准再叫我公公，我考聯考就是了。」

「這才是我的好兒子！」

老爸重重拍了我肩膀一下，就像女朋友看到裙子後，開心摟住你一樣。

。。。

當初會決定去德國，是因為一句話。

「既然交換一年而已，那就去體驗文化衝擊大的地方吧。」

台大的教授跟老爸異口同聲給了我這個建議，我心底則打著玩遍歐洲的如意算盤。一年下來合作得很順利，隔年在教授撮合下，台大跟阿亨大學締結姊妹校，我又有機會再去德國。

但這次，我一開始並不想去。

「我的研究只要一台電腦就好，在哪兒做都一樣，幹嘛一定要去德國？在麥當勞都可以。在台灣，有同學和教授可以討論，炎黃子孫的我熱愛使用中文。」

講這麼多，但就像當年不想聯考一樣，背後真正的理由早被老爸一眼看穿——

我不想離開家。

前一年到德國，是我從小到大第一次住外面，一下子搬到一萬公里外。雖然沒有什麼適應上的問題，但我還是喜歡到家樓下時，抬頭可以望見樓上客廳流洩出來的光線，喜歡用鑰匙開門開到一半門就自動打開，原來是剛才老爸在陽台澆花時看見我在過馬路。

因為父母是老師，老爸又退休得早，從小到大，我們家幾乎時時刻刻都有人在。要是家裡難得沒人，我反而會異常興奮，比出去玩還開心。直到離開家自己住，體會到那種與自由相伴而生、輕飄飄碰不著地的空虛感，我才知道——

原來家裡的燈總是亮的，總是有人笑著歡迎你回來，是多麼難能可貴的事。

老爸、老媽年紀也大了，我實在不願意為自己的前途與他們分別。

老爸對我這次的決定沒多說什麼，只是一如往常提了他所謂的「建議」，強調幾位朋友聽到消息後，都鼓勵我要趁年輕多見識世面，然後就絕口不提了。

我看得出來老爸不開心。家裡的氣氛基本上是隨著老爸嘴角起伏的，自從我說不考慮再去日耳曼人那兒，他就常擺出那種欲言又止的表情，然後嘆口氣笑著搖搖頭。

終究，不論是老爸還是女友，我都無法違逆。

決定要再去德國的那天，跟老爸講完之後，頓了幾秒，我有點舌頭打結地說：

「那你要答應我一件事情，嗯，兩件事情。」

「好，你說，我一定答應。」

「第一，找時間來歐洲玩。第二，照顧好自己的身體。」

這麼溫暖的話，平常都是老爸在說，放到我的嘴裡，得費很大的勁才能講出口。

我感覺臉上一陣燥熱。

第一年在德國的最後一個月，我在歐洲旅行，每到一個城市就寄一張寫滿對家人思念與感謝的明信片——當然有一部分是貪小便宜的心態作祟，覺得要寫夠本、寫多一點。回家看到冰箱上貼滿我寫著肉麻話語的明信片時，尷尬得只想轉身提了行李再回機場。

「你知道我在說什麼吧。我在國外最擔心的，就是你跟媽媽的身體健康了。」之前去德國時，老媽曾在家裡昏倒送醫，家人瞞著這件事沒讓我知道，一直到回台灣後，姊姊才不經意地提起。

「爸爸知道你很關心我們，放心吧，我答應你會好好注意。」

那時候，我其實比較擔心老媽的健康。

出國那些年，我每隔幾個月就回台灣一趟，朋友還笑我是不是在追空姐。向來節儉的老爸，對我這樣動輒三、四萬塊的機票花費，一句話也不多說。

短短一兩週的重逢，父子倆一如往常地閒扯淡。

「德國人有沒有把你粗心隨便的態度矯正過來啊？」

「我有幾個同事，也常常找不到東西放哪兒呀。」

家人之間絲毫沒有重逢卻又即將分離的不捨。也或許有，但沒有人說出口，只是藉由不斷重複的玩笑互動，感受彼此的關心。

。。。

老爸生病後，我陪著他去宣傳數學理念，一路上不斷討論怎樣才可行、才能最有效地推廣。某天吃完早餐，老爸跟我談到希望能以籌組社團、協會之類的方式，讓更多老師了解如何設計趣味數學。聊著聊著，老爸忽然說：「有你在真好，很多事情我輕鬆好多。這幾天我在想，當初如果沒強迫你去德國就好了。」

總算承認是強迫我了吧。

不過，比起這個，我更訝異老爸會說這樣的話。一向開口閉口說我去德國多好的他，是因為生病，心靈上也變得虛弱了嗎？

「那我明天飛過去收行李，然後搬回來吧。」

「不行啦，跟你開玩笑的。你去德國是對的選擇。」

每次在機場告別時，因為是深夜班機，等候區空蕩蕩的，只有我們一家人，老爸、老媽總是站在我們道別的原地看著我出關，不管我走多遠，只要一回頭，他們都會像兩具遊樂場的迎賓機器人，規律而大幅度地揮著手。已經模糊的身影，我卻能看見他們臉上的不捨與笑容。

「面對抉擇，你想選的跟應該選的，有時會是截然不同的兩種方向。這時我們不能被感情左右，必須選正確的、應該選的那個。」

「我知道你很捨不得離開家裡，我也不想要你搬出去。」

「但是你不能因為不想離開這個家，失去探索外面世界的機會。」

我這才了解，半強迫我去德國的老爸，其實也半強迫自己跟孩子分離。

家，不是綁在繩子一端的木樁，讓你飛不遠、飛不高；也不是一棵枝葉茂密，可以晴天乘涼、雨天遮雨的大樹。家是你的根，根愈深愈牢靠，子女這株芽才能愈加茁壯。父母不能陪伴你一起往上伸展，因為他們已經犧牲自己，在土裡默默賣力地往下掘。身為子女的你所能做的，是充分利用根部從大地汲取的養分，有所成就，報答他們。

他們的揮手不是道別，而是一段無聲的鼓勵與支持——

「儘管放心出去闖蕩，累了，我們在這裡等你回來。」

老爸藏經閣

我跟爸爸每年寒假都會去國際書展，儼然已成了某種例行公事。忠孝東路的上海書店是第一站，老爸去樓上看簡體書，我在樓下翻閱經過複雜商業算計後刻意被擺在醒目位置的暢銷書，並且不時抬頭注意書店中央的樓梯，等老爸下來，再一起慢慢散步到世貿會場。這段路其實不怎麼近，只是兩個愛散步的人邊走邊聊天，一會兒也就到了。

在書展會場裡晃著，我總是看見特價區便跑過去隨意亂翻，老爸則會認真地掏出他的採買清單，邊看邊抬頭尋找對應的出版社攤位。

不管是編撰字典或是研究趣味數學，非本科出身的老爸都是自己一路摸索而來。他採用的是最簡單卻也最辛苦的方法——大量閱讀。

光是字典，家裡就有多達七、八套，像是《康熙字典》、《中正形音義綜合大字典》……其中有套藍色的《中文大辭典字典》總共有十冊，二十幾年來像門神一樣，固定一字排開在老爸書桌前。小時候有一次為了關窗戶，我踩在那套字典上面，立刻被爸爸抓下來罵了一頓。

「書是不可以踩的！」

此外，老爸還有一系列商務印書館出版的「諸子百家」（討厭的《戰國策》就在裡頭，其他還有《孫子》、《老子》等），以及《資治通鑑》、《史記》等史書，還有各家注疏引得。光是蒐集這些書籍，就不知道花了老爸多少時間和精力。

老爸曾兩度代表台灣參加「兩岸三地創新課型數學教學論壇」，第二次是二〇〇八年在天津舉辦。當時人在德國的我鼓吹他，難得出國一趟，一定要順路繞去北京看紫禁城、吃全聚德，好好觀光一番。

兩週後的視訊上，老爸刻意學起北京腔，嘴角藏著古怪的笑容。

「有啊，當然有去北京嘍，可大的兒。」

正想問他旅遊心得，一旁的老媽立刻搶過麥克風。

「別被他騙了，他去北京根本就只有買書而已，哪裡都沒去。」

原來我的天才老爸，從天津坐幾個小時的火車到北京，竟然過所有名勝古蹟而不入，反倒直奔二手書店，買完之後再迫不及待趕回天津的旅館看書。

紫禁城若有知覺，都會傷心吧。

「退房的時候，服務人員用很怪異的眼神看我，大概在想這老頭子怎麼跑去北京一趟，然後三天不出房門，不知道在裡面做什麼。還好房間裡沒有什麼成人頻道，不然我就冤枉了。」老爸自我嘲諷的神情中流露出一股滿足。

在那個網路不普及的年代，老爸靠著堆積如山的文獻及裡面插得滿滿的書籤索引，一筆一劃刻出他的字典。那是一本特別依照大眾使用習慣編排的字典，也是一本老爸寫了又作廢重寫，一共重複寫了五次卻終究沒完成的字典。

。。。

記得有一次在書展現場，我看見老爸又拿起一本古文註解，於是跑過去問他：「怎麼又要買這種書啊，家裡的還不夠多嗎？」

老爸彷彿沒聽見，低著頭又看了一會兒，離開攤位時才告訴我：「盡信書不如無書。沒有一本書是一定對的，字典也是一樣。很多字典裡都有寫錯的地方，差勁一點的是字義錯了，好一點則是意思對了，但出處錯了。」

「例如『乖』這個字，原本的意思是『違背』，比方說『乖戾』，跟我們現在用的『乖巧』的乖，意思並不一樣。那為什麼會這樣呢……」

只要一聊到這類話題，老爸就像扭開了有點鬆掉的水龍頭，再怎麼樣也關不緊。老爸最大的興趣之一是當「字」的判官。如果某個字在兩本字典裡的解釋不同，老爸便會去找第三、第四份文獻參考，統整眾家說法，就像法官聽完雙方律師辯護與證人口供，再依照證據由他的角度做出判決。整個過程就算花上好幾天，老爸仍樂在其中。

「這在某種程度上也算是跟古人打筆戰嗎？」

「不不，我沒這麼了不起，我只能幫他們更正而已。」

老爸謙虛地搖了搖手。

「不過能幫他們更正，也算是我有兩把刷子啦。」

儘管依舊一副謙遜的態度，但我看得出老爸神色中透露了些許的得意。

念研究所之後那些年，在家時，老爸偶爾會得意地跑來問我，知不知道某個字有哪些解釋？為什麼會有這些解釋？我便知道他一定又有什麼新發現，幫哪個字洗刷冤屈了。看老爸這麼高興，我也受到影響，很開心地讚美他真厲害。然而，心中也不禁些許感嘆，曾幾何時，爸爸開始需要從我這裡得到鼓勵與支持？我們的角色，竟然在不知不覺間如此平等了。

是否將來的某一天，他也會需要我的照顧呢？那時候，我能擔當起這個責任嗎？

書展中走了一會兒，遇到老爸的朋友。

兩人寒暄幾句之後，老爸的朋友問起：「賴主任怎麼沒有買書呢？以前在學校久聞賴主任飽讀詩書，難道是，整個會場的書都看完了？」

彷彿受過訓練一樣，老爸和朋友兩人很有默契地同時大笑起來。等到那位朋友離開，我立刻轉頭說：「賴主任怎麼沒有買書呢？啊，我知道了，因為賴主任一次都買太多，量大到書商會直接送到家。」老爸縮頭促狹地吐了下舌頭，露出我小時候偷買冰棒吃，卻被他在外面逮個正著的表情。

其實不只是字典，關於數學的書，老爸更是蒐集到了誇張的地步。一向節儉，連衛生紙都要撕一半用的他，家裡卻起碼有三到四個鐵書櫃裡，全部都是趣味數學書。有好幾次，我在書店看到有趣的數學書買回家給老爸，得到的反應都是：「阿威真體貼呢，謝謝喔。可是……這本我有了。」說完，他興沖沖地從書櫃中挑出書來給我看。後來，我養成了把發票夾在書裡，可以隨時拿去換書的好習慣。

除了字典和數學這兩大領域，老爸在家裡的其他藏書還有很多，像是以前教自然科學用的植物圖鑑、孩子的科學實驗、自然科學家的傳記；學大眾傳播時的電影、攝影書籍；培養口才和說話技術的實用書；還有，可能是因為怕交到壞朋友而準備的面相書。

老爸也精心替我們準備適合讀的書。記得小時候家裡有個綠色鐵櫃，底層放著一整疊薄薄的童書，泛黃的書頁跟微微折起的邊角，是老爸不知從哪裡蒐集來的二手故事書。稍微長大後，某天醒來看見房門口莫名其妙擺了個紙箱，拆開後裡面是好幾套金庸小說。那陣子彷彿有位搞錯工作時間又特別勤奮的耶誕老人，每隔一兩個月就丟下一套又一套的《三國志》、《西遊記》等古典小說。可惜的是，我一直暗示老爸的《紅樓夢》，卻始終沒收到。

「那書要長大一點才能看。」耶誕老人這樣婉拒了我。

上大學後，我想找些外國小說翻，跑去問老爸家裡有沒有，老爸「喏」了一聲，要我搬張椅子到最頂端的書架上找找——

整套「諾貝爾文學名著」像等候多時一樣，出現在我面前。

「不知道多久以前就買給你們了。」

或許是為了鼓勵閱讀，那時候常常在書裡翻到百元鈔票。拿去問老爸，他很得意地說：「書中自有黃金屋，誰看到就是誰的。」

小說跟趣味數學就像綜合維他命一樣，雖然不能治病，但可以讓你更健康。它們或許比不上精心設計的國語課本那麼有效率，也沒有好幾頁的「照樣造句」或「生字表」提供練習，但如果我們習慣每晚睡前吞幾粒維他命，那或許也可以玩點數學遊戲，或在床頭放上一本小說，為心靈補充營養。

更棒的是，這兩者都沒有過量攝取造成副作用的問題。

走出書展會場，老爸的皮包跟出發時一樣依然胖鼓鼓的，只是四小時前裝的是鈔票，現在卻塞滿了收據跟收貨單。

「哼，買起東西來一點都不知道節制。」我學起老爸的口吻斥責他。

老爸苦笑著替自己辯護：「哎呀，書到用時方恨少嘛。」

「是錢到用時才方恨少。」

我們倆站在路口等紅綠燈，我伸手把老爸手上的袋子接過來，仔細一看，原來我也買了不少書。

「不過我要的《周易引得》和《十三經引得》還是沒找到，唉。」老爸嘆了口氣。他講這些書講好久了，先前還要我去台大總圖看看，我卻總是對他敷衍了事。我心裡盤算著哪一天有空，還是去幫他找找。

從小，家裡就像是一棟圖書館，一直以來主要營運都由「老爸藏經閣」負責。托長期浸淫其中之福，漸漸地，我們幾個小孩也紛紛成立了各自的「藝術閱覽室」、「漫畫閱覽室」、「小說閱覽室」，遇到喜歡的作家出新書還會搶著先買，做為自己的收藏。每次碰上任何空檔，像是搭捷運、等人、甚至上廁所，我們也習慣拎著本書陪伴。

我想，這些應該都是受到老爸，或是那夾在書中的百元鈔票影響吧。

在家念博士

「你認為念博士班的目的是什麼?」

「嗯?」

德國教授曾問我這個形而上的問題,讓我愣在他的辦公室門口,心裡閃過一絲錯愕。這位教授是平常住在瑞士「退而不休」的前任所長,對學術有極度熱忱,是一位國際知名學者。儘管已經七十多歲,每隔一兩個月,只要聽到他的皮鞋聲在走廊響起,所上便像颳起一陣旋風般,人人都上緊發條。那天,我一如往常向他做完簡報,要離開時,他忽然無預警地拋出一個與其說是電機工程,倒不如說更像哲學的問題。

我在腦袋裡搜索著適當的英文詞句,勉強擠出了一個繞口令般的答案。

「To learn how to learn.」(學習如何去學習。)

教授的嘴角往兩邊延伸,看來是覺得滿意。但突襲檢查不會這麼容易就結束。果然,第一關過後,教授接著問:「很好,那你學到了什麼學習的方法?」

問完 What 之後就是 How。教授瞄了瞄眼前的椅子,我苦笑著走回去坐下。

「首先，廣泛閱讀。收集想投入的研究領域中所有的相關文獻，透過略讀，看標題或看簡介，甚至看哪間學校發表的，把資料好好地過濾，留下有用的。」

教授點點頭，伸出手刀對著空氣往我這兒劈了一下。

「繼續。」

「一定要閱讀足夠的文獻，才能了解當前的研究狀況，不會走別人走過的路，做了半天才發現自己的研究早就有人探討過。」

我忽然察覺到自己異常侃侃而談，好像對教授的問題有備而來。不對，我緊接著又發現這樣的口吻根本不像是自己的……

眼前突然浮現爸爸拆開那一箱又一箱趣味數學書籍的畫面。他買了好幾櫃的書，就是想要搞清楚市面上的趣味數學到底在講些什麼。

「光是大量閱讀還不足以了解當前的研究狀況吧。」

老教授見我停止說話，以為我是在思索該如何繼續回答，於是給了我一點提示。

「不只是讀，還要有系統、主動地閱讀。不斷思索每篇文獻內提出的方法、所做的假設，以及要解決的問題。把這些文獻做好分析、整理、歸納，再比較各家的優缺點。」

講這番話時，我看見一萬公里外的家中客廳出現在德國辦公室的一角。爸爸穿著白色汗衫彎腰坐在木製沙發上，一手壓著書，一手抄錄書中重點，像小學生做考前複習一樣。他用的紙都是不要的廢紙，例如媽媽從學校帶回來、沒用到的美勞課著色圖片的反面，或是我跟姊姊的學校講義。抄了一大疊後，他會用彩色的廣告傳單包好，寫明標題類別，這樣才終於完成了一個主題。之後，再用封口塑膠袋把資料裝起來，免得受潮。

三櫃的書籍，老爸花了十年功夫，從中淬鍊出一整個鐵櫃的數學筆記。閱讀就像站在巨人的肩膀上，能夠讓我們看得更高更遠。但那充其量只是「看」而已，倘若沒有深入融會貫通，就像站在雄偉的米蘭大教堂前，因為沒有導遊、又不懂歷史背景，看不出個所以然，只能拍幾張照片，然後轉頭去找冰淇淋店。

低頭抄寫筆記的老爸抬起頭來看我，往教授的方向努了一下嘴，要我別再想冰淇淋了。

我吸了口氣繼續講。

「再來，就是提出自己的方法。托網路之福，現在的資訊流通非常順暢，任何人就算沒有高斯或牛頓的聰明才智，只要有心，也可以做出對人類有貢獻的研究，哪怕只是一小步而已。重點是，要踏出那一小步，得先做好剛剛提到的基本功，分析歸納大量的破碎資料。」

教授點點頭，老爸則搖搖頭對我擺個鬼臉。看來他聽出我口中的「任何人」、「一小步」，都是在虧他。

「分析歸納妥善後，我們就會更精確地知道真正的問題所在。然後再結合自己的知識、前人的心血，提出屬於自己新的原創方法。」

教授聽到「原創」這個詞時，臉上的笑容似乎又放大了一些，他應該很滿意這次突擊檢查的結果。只可惜他不知道這些話都不是我講的，我只負責翻譯，將老爸平常的行為化作語言。

「提出自己的方法之後，還要透過實驗或理論分析驗證。不可能一次就成功，一定要在實驗過程中不斷地改良原來的方法。實驗的目的，就是檢測以及校正我們的演算法。」

。。。

為了推廣趣味數學，老爸先是在新生國小帶科展、主持數學探索室，接著在科博館辦講習，後來又去各地巡迴演講。常常在深夜我回家時，他也剛到家沒多久，都沒吃晚餐的父子倆在餐桌上吃宵夜聊天，他的第一句話往往是：「我的方法應該真的不錯，這次上課小朋友的反應也都很好。」

或許對老爸來說，這樣持續的演講不僅僅是教學與推廣，更是他的實驗，讓他檢驗自己開發的趣味數學教育，是否真的對小朋友有所幫助。

剛開始接觸數學教育時，老爸就像一般人學數學一樣，著重在思考如何解題、如何運用數學以簡馭繁的特質，以兩三行的式子解釋一串大道理。但是經過多年的研究與上課，最後老爸反其道而行，採用了化整為零的方法。

先以幾個看似無關的小遊戲引起小朋友的興趣，等到大家玩得差不多了，漸漸對每個遊戲都有些概念之後，「咻」地一聲，原本看似散落桌上的各顆寶石，瞬間在老爸的引導下自動串成了一副手鍊。而隱藏在那些遊戲背後的數學原理，也就是那兩三行精簡公式，則是由小朋友在看完這麼多遊戲後，自發地歸納出來。

如果能把數學底蘊量化，老爸或許比不上許多老師。但他每次演講都能引起迴響，主要原因就在於——他非常清楚問題在哪裡。

「數學本身一點都不難，難的是如何教給小朋友。而要教小朋友，還是要靠興趣。」這是老爸一再重複，對數學教育的定義。

。。。

「大致上是這樣子。」

我啜口已經涼掉的咖啡，心中忐忑不安。

教授從椅背上坐起，像獵豹似地忽然靠近我：「大致上是沒錯。不過你少了最後一個階段。只是這也不能怪你，因為你還沒開始做。」

嗯？我不由自主地眨著眼睛，腦子像硬碟讀取燈一樣閃動著，思考自己究竟漏講哪一步。

「行銷與推廣你的研究。」

教授靠回椅背，停頓了幾秒看我的反應。

「一個好的研究，研究者有權利、也有義務讓更多人知道他的成果。做研究的終極目的是為了造福人群，再好的研究，若沒有人知道，就跟沒有做出來是一樣的。」

我搔了搔頭，不知道該怎麼回應。

彷彿知道我心裡在想什麼，教授又說：「你們東方人都比較客氣，不喜歡自吹自擂。但對我來說，如果推銷自己的研究時會不好意思，只有一個原因，就是你對自己的東西沒有自信、覺得還不夠好。」

「反過來說，重點是讓更多人知道你的研究，並從中受益。你因為難為情、因為自己的個性而沒有全力宣揚，那是錯的。」

教授看穿我的缺點，毫不客氣點了出來。

「加油，等你把現在的東西做好了，我們再來好好練習這最後一步。」

教授站起來拍拍我的肩膀，我尷尬地點了點頭，轉身離開辦公室。

還是沒有順利過關啊。

儘管知道教授的話有道理，但我自認還是無法做到。

在 Skype 上，我跟老爸開玩笑地說：「都是你一直教我要謙虛，不可以半瓶水響叮噹，要做一瓶滿滿沒聲音的水。」

不知道是不是訊號延遲的問題，老爸停頓了一下回答：「要看場合啊，我可沒教過你要死腦筋。」

當時我覺得老爸是順著教授的話敷衍我，若真要推銷自己的研究，一向客氣慣了的他一定比我還彆扭。

然而老爸生病之後，我陪著他四處宣傳理念，才看到他那使盡渾身解數、上台後連病痛都忘了的態度。

「我真的希望這項方法能夠幫助更多小朋友，讓他們不再害怕數學，反而愛上數學。」哪怕聽眾是一整個教室的老師，或只有一位教授，老爸都努力要說服台下的老師們跟他一起推廣。

那一刻我才知道，比起我，老爸更有資格拿博士學位。

滑鼠到底要按幾下？

「台下那些小朋友、老師啊，都不自覺地『哇』，可見這特效多吸引人，都是你的功勞！」

老爸隔著電腦螢幕跟我分享他的喜悅。那時他剛從大陸參加「兩岸三地數學論壇」回來，精神抖擻，看樣子演講很成功。

「那邊名師很多，上起課來就跟表演一樣，一堂課從黑板的一頭寫到另一頭，板書從頭到尾都沒有擦過。」老爸口沫橫飛說著其他與會老師的上課內容。

「比起來，我覺得啦，你們年輕人說的那個什麼……自我感覺良好是不是？哈哈，我就覺得我的課還是最生動的。」

要炫耀又不敢太招搖的爸爸，其實還挺可愛的。

「沒有下次啦，真的太累了。而且我現在人在德國，也沒辦法幫你弄了。」我搖搖頭笑著說。

老爸在論壇上使用的那份簡報，是我在出國前花了一星期弄好的，之後還看他演練好幾次，免得講到一半時數字忽然消失。

不過說來慚愧，老爸口中的特效，其實只是簡報內建的一些飛來飛去的動畫，連「特」字都沾不上邊，充其量只能說是效果，很多很多的效果。演講成功真正的原因，是老爸不斷思考該如何表達，才讓那些動畫發揮最大的功效。老爸的床頭永遠擺著一副紙筆，讓他可以在半夜寫下那些沒有時間觀念、隨時來訪的靈感。

。。。

第一次去德國時，國科會預先支付了半年的生活費，讓我忽然覺得自己變成「有錢人」，便在老爸生日時，跟姊姊們一起湊錢買了部筆記型電腦當禮物。

老爸一直很鼓勵我學電腦，儘管小時候家境不怎麼好，電腦又昂貴，老爸卻從386電腦開始就買給我，而且不斷換新，頻率大概跟電玩公司光榮（Koei）推出「三國志」系列的時程一樣。這也正是我提出電腦需要升級的主要原因——配合遊戲硬體需求。

老爸自己對電腦卻是一竅不通。高中時我迷上BBS，每天跟班上同學掛在電腦前發文、聊天，好像白天不在同一間教室上課似地。

每次老爸走過來問我：「怎麼在電腦前面那麼久啊。」一慣的回答都是：「寫程式。」老爸遠遠看到黑底白字，也就信了。

直到有一次，趁我不注意，老爸悄悄走到我背後——

「為什麼寫程式會有這個『中山俏皮小魚』，還有『你被砸水球』的！」隨便編的謊言，竟然拖了一兩年才被拆穿。

某種程度上，電腦像一條看不見的分隔線，將人們分成兩邊——一邊是閉著眼睛也可以打字，沒有網路就渾身不舒服；一邊是連開機都有問題，始終搞不清楚「我的最愛」並不是放寵物照片的地方。很遺憾地，老爸屬於後者。

後來之所以買電腦給老爸，其來有自。某次，他向我抱怨找不到書，我上網不到十分鐘就用網購幫他買到了，之後老爸開始不斷騷擾我，常從房門口探進半個頭來，擺出「真是不好意思打擾您打電動了」的苦笑，要我幫他再查一筆資料。一向教育我們要「凡事親力親為，不要麻煩人」的老爸，遇到電腦問題時，也只能低頭了。

生日當晚，我們把十五吋的ＨＰ筆記型電腦送給老爸，他很開心，儘管嘴上不斷說著：「我又不會用，幹嘛買這麼貴的禮物給我？」

「是啊，我還特地挑大台一點，讓你看得比較清楚，不會累。」

「不是因為大台的比較便宜喔。」

雖然不懂電腦，但老爸對價格倒是很清楚。

原本心血來潮進貢電腦的我，沒想到之後會變成這樣——

「阿威，可以來教我怎麼上網嗎？」

「阿威，要怎麼把檔案從網路上抓下來？」

「阿威，我的電腦怎麼忽然不會動了？」

常常一整晚我都得不斷離開座位，跑去做售後服務。從零開始的老爸，連滑鼠都不會握，找個字母要花上半分鐘的時間。

但看得出來老爸很想學好它。每次我進行電腦教學時，老爸總是一字不漏抄下我這個「賴老師」說的話。

1. 滑鼠左鍵點一下「桌面」上藍色的 e。
2. 在上面白色的欄位裡輸入網址，按 Enter，即可前往要去的網站。
3. 或是直接打開 Google 首頁，在欄位裡打入要查詢的中文關鍵字，再按 Enter，就可以搜尋。

看著老爸像小學隔壁座位的女生一像，細心地標出單擊、雙擊，還在 Enter 後面畫了可愛的箭頭，有種說不出來的奇妙感覺，彷彿父子身分錯亂了一樣。

「很好，看到你這樣認真學，我很欣慰。就像看到小鳥在學飛一樣。」

「臭小子，占我便宜，這叫做『聞道有先後，術業有專攻』。」

「那我現在教你怎麼用BBS交網友。先灌一個叫做PCman的軟體……」

那陣子，每天晚上都可以看見老爸整顆頭像是要鑽進螢幕似地，一動也不動盯著電腦看，偶爾還低頭確認右手是不是按錯了滑鼠鍵。

隔年老爸在科博館舉辦研習活動，需要很多海報和投影片。在國外的我聽說老爸找了很多人幫忙，都不是很滿意。

「做得不錯啊，只是距離我想要的還差了一些。」

每個跟他合作過的人都私下抱怨：「你老爸的要求真的非常多，又很龜毛。」

一向偏袒老爸的我，覺得對方想必是偷懶。直到回國自告奮勇幫老爸做投影片，我才知道先前的想法錯得多離譜。

「要先有這個正方形，然後飛進來這個三角形，再飛進來這個五邊形，之後三角形要匡啷匡啷地滾到這邊，注意兩個邊要對齊喔，再來啊……」

還匡啷匡啷咧，我聽到一半就把手上的滑鼠放下來：「你當我是外接聲控器，用說的，電腦就可以做好啊？」

其實老爸要求的動畫都可以完成，但有不少地方並不是那麼直覺，得花上一番巧思才行。更讓人抓狂的是，當我辛苦做完一頁動畫，滿足地看著螢幕上一切圖案如預期達成任務，旁邊忽然又傳來一句：

「效果沒有我想像中的好吧，不然我們把這邊的順序改一下，再加上……」

我彷彿聽見腦袋裡某根筋斷了，發出「啪嗒」的聲響。

「你，真以為用說的，投影片就會咻咻咻地做好嗎？」

我不耐煩地誇大修改所需要的時間，老爸則在一旁很不好意思地道歉。

「對不起啦，但是只有你才做得到嘛，我去削水果給你吃。」

我出國之後，聽說投影片就是爸爸自己在弄了。

後來，那台筆電因為沒有好好整理，速度愈來愈慢，電池也一下就沒電了。回台灣度假時，有次出去玩到半夜回家，看到它的充電燈在黑暗中微微發亮，我走過去把插頭拔掉。

「充了一整天，電腦打開來還是顯示電沒充滿吧。」走路的聲響把老爸吵醒了，他雙眼惺忪地問他的電腦老師該怎麼辦。

「那表示再怎麼充都沒用了，反正你也不會到沒有插頭的地方吧。」

「這樣電腦不會壞掉嗎？」老爸像個為玩具擔心的大孩子。

「不會的，放心睡覺吧。」

我盤算著下次至少幫電腦重組一下硬碟或更新防毒軟體，但老爸不曾主動提起，這件事也就一直拖著。等到我主動去拿那台筆電時，主人已經不在了。

。。。

打開筆電，靜靜地不知道等了多久才進入桌面，一堆沒用的軟體與試用版過期聲明視窗跳了出來。一一關掉後，我潛入數位世界，檢視老爸最後幾年的足跡，驗收我唯一的學生究竟學到多少。

在「雲台的文件」裡，「我的最愛」一共包含五十三個資料夾：「03數學家」、「05奇偶數」、「08楊輝三角」、「17迷宮」、「21繪圖工具」、「31數學博物館」、「50字典」，整理了幾百個網站。

桌面上散落著各種資料夾。我把視線從怵目驚心的「抗肺成功例」轉開，點進其他資料夾，有的是老爸演講的海報，有的則裝了網路上擷取的圖片或資料。進入「數學遊戲創造力」資料夾時，我驚訝地合不攏嘴——

裡面靜靜躺著四十六份投影片，彷彿是老爸對我的炫耀與反擊。

真難以想像這是出自兩三年前連滑鼠都不會握的老爸之手。

再點開「數學單元」，裡面有二十幾個 word 檔，每個都是不同的主題。我想起老爸說過：「我那些手稿，要是哪一天失火就麻煩了。」

老爸這麼認真地保護他的智慧心血，卻忽略了自己的身體健康。

我的腦海中浮現老爸一個人孤單在家裡用電腦的畫面。或許他那時候正在想，等做完了要好好給我瞧一瞧：「是誰說我只會求人的啊，你看吧。」

奪回父親的尊嚴，老爸一定會露出得意的笑容。

翻開電腦旁邊的筆記本，看見老爸用鉛筆整理了包括繁簡互換、選字、選色這些再基礎不過的電腦操作方法，一共有二十九項。其中一項是——

12. 視訊

攝影機，麥克風（分色）接線

按確定

按開始

點 Skype

點「威」兩下

點綠色電話

連這種每週都在用的功能也得筆記，我真想再多教這學生一些東西……

賴式定理：動機＝興趣

「一場聚集全世界數學家的年會裡，主持人問道：『如果限制各位，只能教給下一代一樣東西，您們認為什麼才是最重要的？』

在場的學者怕講錯了被笑，沒有人敢發言。主持人見狀便說：『不如寫在紙條上，來個匿名統計好了。』結果，才看了兩三張，主持人就笑說不用統計了，所有人寫的都一樣。你們知道是什麼嗎？」

老爸笑著看台下其他老師的反應。

「代數？」「幾何？」「統計？」老師們踴躍提出自己的看法。

「是『興趣』。每張紙上寫的都是這兩個字。」

正確答案揭曉，台下一陣「喔——」此起彼落。

「我們的教育不斷強調要讓小朋友有學習動機，才會主動學習。什麼是動機？就是興趣嘛……」

。。。

坐在老爸常坐的位子上看他留下的投影片，腦中浮現的，是之前陪生病的他去推廣趣味數學的場景。的確，老爸所有的教學設計，都是以引起聽眾的興趣為出發點，站在聽眾的角度來思考。像是研討會的開場白，總是立刻吸引老師們的注意。每進入一個新主題，老爸也會先講個故事或玩個小遊戲，與台下的聽眾互動，讓大家更有興趣聆聽。

回想小時候，老爸在家裡播放英文卡通教學錄影帶時，也總是跟日本動畫交錯著一起播放，好吸引我們想看。真是有心機的大叔。

我曾在布拉格卡夫卡博物館裡看到一段描述——

「因為想專心寫作，卡夫卡一天六小時的上班對他來說簡直是折磨。他所有的心思都集中在寫作，其他不論是美食、性愛、音樂等任何娛樂，都無法讓他心動。這不是他強迫自己，而是自然如此。」

雖然老爸不是卡夫卡，但這種自發地廢寢忘食的態度倒是如出一轍。

老爸自己正是因為興趣，才一頭栽進數學領域十幾年，成為他常掛在嘴邊的「好之者不如樂之者」。

「那興趣又要怎麼產生？小孩子最喜歡什麼？玩。所以我才希望寓教於樂，先不要告訴小孩這是什麼，讓他們慢慢玩，一個接一個遊戲玩。」

「玩到後來，再點他們一下。有時候很有趣，連點都不需要，他們自己會歸納出遊戲背後的數學道理。」

老爸用一直線的邏輯推衍並行銷他的趣味數學。其中的道理很簡單——嚴格來講還少了幾個字，應該是「講起來」很簡單。

印象中只有熱血沸騰的年輕老師，才會繞一大圈透過遊戲來教導學生，再飽受嘲弄、倍感挫折地回到辦公室。已經是老鳥的老爸，怎麼會提出這樣不踏實的想法呢？

我帶著迷惑，隨意地來回捲動老爸沒有機會講的投影片「數學創造力大綱」，想從裡面找出點蛛絲馬跡。

「遊戲不是隨便設計的，要有原則。」彷彿是老爸忽然回答了我的問題，滑鼠停在某一頁上，裡面的內容引起我的注意。

數學遊戲的製作：

（一）原則

1. 好玩　2. 新奇　3. 挑戰

4. 簡單　5. 隱藏　6. 對象

我想起他上課幾乎必講的「連續十數和」，要怎麼知道連續十個整數加起來的和是多少呢？

「第一個數乘以10，再加上45。」

把這樣一句話寫在紙上密封起來後，隨機抽一位小朋友上台，給他看密封在信封裡的內容。接著就像看過武林祕笈一樣，原本數學再差的小孩，都可以瞬間回答出連續十數和的值。這樣神速的進步勢必引起台下其他小朋友的興趣，到底那個信封裡面裝的是什麼？小孩的好奇心一旦被激起，便想打破砂鍋問到底，這樣一來，就算是國小低年級也可以學會，若透過進一步的引導，小朋友還能理解什麼是等差級數。

「這應該是隱藏和新奇的應用吧。」我忽然有種自己在看武林祕笈的感覺。

隱藏的意思，指的是把數學道理隱藏起來。太多孩子一看到數學公式，就像接吻時看到閉上眼的對方齒縫裡有菜渣一樣，還沒碰到就退卻，覺得恐懼了。如果能盡量讓遊戲單純化、趣味化，等孩子玩上癮之後，再把要教導的數學知識體現出來，自然事半功倍。

連續十數和的速算法，可以用等差級數和的公式推導出來，但老爸當年卻是在不知道公式的情況下，自己慢慢推出來，我真有些訝異。如果是觀察力處於最敏銳階段的小孩就算了，但老爸是五十歲的數學門外漢，儘管比高斯晚了兩百多年，竟然也靠自己找到了規律。

本行是自然科的老爸曾經問我：「數學為什麼沒有實驗課？」

「太抽象了，根本沒有實驗器材，頂多是小花瓣吧。」

小花瓣是國小低年級時數學老師帶來班上、每堂課都會莫名其妙少掉一點的那種白色、紅色、黃色塑膠花瓣。

「沒錯！我的趣味遊戲就是一種實驗課。」

「就是因為太抽象，實驗很難設計，更需要透過實際動手操縱來體會。」

聽過「毛澤東的芒果」這個小故事嗎？

有人送了芒果給毛澤東，一向樂於走入勞動階級、抑或是單純討厭芒果的毛主席，立刻轉送給各廠的工人。工人們很感動，捨不得吃，便蠟封起來想永久保存，結果還是壞了，只好把芒果帶蠟一起煮成湯，大家分了喝。事後有人問起那些工人，芒果是什麼滋味，沒一個人說得上來。

抽象思考的教導，就像看著蠟封的芒果，不管再怎麼譬喻解釋，也很難體會它的味道。但如果透過精心設計的數學遊戲引導，就好比先嚐了口水果，知道它是甜中帶酸，這時再告訴孩子們：「這叫芒果，剛剛嚐到的就是芒果的滋味。」這樣任誰都可以了解。

我的腦海中浮現另一個遊戲：「抽大獎」。

紙上畫十二個格子，格子裡分別標示1到12並寫上獎品名稱，其中有數位電視、電腦、PDA等大獎，也有不少安慰獎。丟兩顆骰子，總共得到X點，從數字X的格子開始出發，走X步，超過12就從頭走起。最後看停在哪個獎品上，就得到那個獎。

老爸發明遊戲後逼著我試玩，第一次我擲了七點。

「鉛筆一枝。」老爸忍住笑意，默默把鉛筆遞給我。

還真的有獎品。

第二次擲了八點，老爸拿著十五公分的尺還在慢慢地一格一格數，我已經一把將只搶了過來。

「這是唬人的，2X除以12的餘數一定是偶數，你自己看看偶數格子裡放的都是什麼！」我看了幾秒鐘之後發現了規則，大獎都落在奇數。

「不愧是博士生，這麼快就發現了，我還有橡皮擦沒給你咧。好厲害啊！」

「這話聽了，一點都不覺得被誇獎呢。」

據說後來老爸用這個遊戲，在一所山地小學引起很大的迴響，小朋友玩瘋了似地想要拿到大獎。

「這就是『挑戰』的原則吧。」好像打通了任督二脈，我繼續推敲老爸留下來的祕笈。

我曾與老爸跟一位同樣鑽研趣味數學多年的老師會面，聽他們倆聊起孩子玩遊戲時的反應。老爸有一則考題是這樣：

在一張方格紙上，從左上角出發，目標是走到右下角的格子。每格裡面都有一題簡單的兩位數除以個位數的基本運算，規則是：只能走答案是9的方格。

「不同的學生會有不同的反應。有的小朋友每格都算；聰明一點的，每走一步，再算右方和下方的兩格。更聰明的，會直接拿9乘以個位的除數，看看答案和被除數一不一樣。」

經驗豐富的老師立刻問：「有沒有遇到直接把被除數的個位加十位，看看加起來是不是9的小朋友（但99是例外）？」

之後老爸又跟我聊起這件事，說了很多感想。

「數學遊戲的好處之一是解法很多，只要適當引導，程度差一點的小孩也可以算出來，會很有成就感。不像單純的考十題計算題，只有一翻兩瞪眼的答案，錯了已經夠自卑了，還要再被成績羞辱一次，惡性循環之下自然更討厭數學了。」

「想要啟發創意，本來就得有犯錯的心理準備。」

「聰明的小孩更能從遊戲中展現創意與反應，這就是因材施教、訓練創造力。」

好的數學遊戲不但能引發孩子的興趣，不打擊他們的自尊，更像一把刻度精細的尺，能更精準地評量每個孩子的程度，老師也可以更了解學生，再施以個別教育。

我們的社會有能力幫金字塔頂端的族群客製化幾十萬元的精品皮包，卻沒辦法客製化對小朋友的教育。

我沒查過老爸編撰的字典裡「教育」的意義。不過「教育部重編國語辭典修訂本」是這樣解釋的：

1. 教導培育。《孟子．盡心》上：「得天下英才而教育之，三樂也。」
2. 一種有關培植人才、訓練技能，以支應於國家建設、社會發展的事業。

中國的傳統教育比較偏向上對下的指導，老師是主講者。

但西方的「education」是從「educe」這個詞的意思演變而來，代表——

發揮（潛在能力等）；從（資料等）推論出（結論）；推斷，演繹，分析。

跟中國傳統教育的差別在於，西方教育強調從旁引導，以發揮孩子的潛能。在這樣的定義下，孩子才是主角。

老爸的趣味數學教育，恰恰符合了「educe（引導）」的本義。

○ ○ ○

爸爸去大陸演講之後，我從網路上搜尋他的名字，想看看有什麼迴響，想不到竟然有好幾篇讚揚的文章，我很開心地節錄下來，拿給老爸看。老爸邊看邊不好意思地笑著說：「是嗎？我的東西還算不錯嘛。」

「又來了，講起來滔滔不絕，真被肯定了又這麼害臊，你也真是的。」

> 台湾赖老师的《神算连续十数和》更多地体现了对弱势孩子的关注。老师可以说是非常地有耐心，慢慢地通过用图示来帮助弱的孩子理解方法，给孩子以充分的操作，孩子只有动手做了，印象才会深刻。整节课虽然没有什么华丽的语言和优美的形式，却能让人如沐春风，让我们看到了老师那颗博爱之心。
>
> ——城西小学 王丽君
>
> 赖云台老师的这节别有风味的《神算连续十数和》，他的教学确实「与众不同」，有别于我们平时教学为吸引学生设计的过于花哨的招数，他的课堂展现的是数学本身的逻辑美，这是很多教师忽视了的，值得我们深思和学习。还有一点使我印象深刻的是，赖老师的儿童观。整节课下来他始终关注着每个学生，特别是一些差生，如果他

们对某个数学问题还没有理解明白，一定要重新来过，直到他们完全明了为止。反观我们的公开课，往往关注的都是好生，不会分散那么多的注意力到差生身上，何况是为差生重来一遍。赖老师真的很难得，令人钦佩。

——温峤小学 蒋炳霞

赖老师的个头不高，头发已经全白，而且也不太「富裕」。但是精神矍铄，嘴里经常会蹦出一句：「跟您报告一下……」一点也没有大师的谱。赖老师的课不像是数学课，倒像是魔术课、游戏课。一上台他就大显身手，神奇的魔术深深吸引了所有的学生和听课老师。接下来他的「武功祕笈」，更是让学生们如获至宝。正是在这有趣的魔幻世界中，却蕴含著丰富的数学知识。赖老师最大的魅力就是他不仅是课堂的执教者、研究者，更是解说者，每上完一个过程，他都会面朝我们听课的老师，向我们说明他的设计意图，和我们交流他上课的想法。坐在下面的我，也随著他的数学在学数学。课后，他还和现场的听课教师一起玩游戏、变魔术，他如此大费周章，就是要告诉我们数学是神奇的、有魔力的、有趣的，数学课也可以这样上。也许赖老师的教学方式并不完全适合我们内地的情况，有一句话却让我记忆深刻——有什么东西是非教给孩子不可的？那就是兴趣！相信如果做老师的都会上那么几招，不仅会让自己增添魅力，也会让数学魅力大增。

——解铮

能力愈強，責任愈大

第一次從德國回來的隔年，我依然停留在歐洲時區，過著晝伏夜出的研究生生活。還記得那天，家裡不同凡響地電話響個不停……

。。。

「鈴——鈴鈴——」不知怎麼地，電話特別多。我翻過身子背對房門，把頭埋在枕頭底下，間斷的鈴聲依然從縫隙中鑽進來。

似乎全家人都出門了，我閉著眼睛揣測。老媽跟姊姊們早早出門上班，倒是原本該坐在客廳看報的老爸，不知道跑去哪兒了。

「噠噠噠——」一陣刺耳的電子鈴聲，終究把我從床上挖了起來。那是老爸之前反應總是沒注意到手機來電時，我幫他換的鈴聲。

「老爸這傢伙……」我意識模糊地沿著聲音的方向前進。問題不在有沒有聽見，是根本沒帶在身邊吧。

「您好。」起床的第一句話就得裝出對陌生人的客氣腔調，格外僵硬的聲音，連我自己都要認不出來。

「賴老師您好，我是XX國小的主任，敝姓A。今天看到報導，對賴老師實在很敬佩，立刻打電話過來，想邀請賴老師到我們學校給小朋友上課。」

我想起國中時開始變聲，第一次有人打電話來誤認我是老爸時，心裡那種莫名的小小喜悅。

「不好意思，我是他兒子。我爸爸不小心把手機留在家裡出門了。」

「你是賴老師的公子啊，沒關係，我晚點再打來，麻煩你先幫我轉達一下……」

A主任很客氣地重複了一次來意才掛上電話，對老爸客氣到連「您」或「他」的代名詞都沒有用，從頭到尾一直「賴老師」地稱呼著。

這時候我慢慢清醒了。

嗯……？有老爸的新聞！

我迫不及待拿著牙刷跪在地上，膝蓋壓著報紙的一角，翻找有關老爸的報導，中間還頻頻被不斷響起的電話打斷。

找到了！

老爸的名字被放大、加粗，出現在《聯合報》某篇報導的標題上。

國小退休教師賴雲台，傾十年光陰蒐集國內外各種數學遊戲、講義，每逢假日拎著一只公事包，帶著遊戲道具、筆記型電腦，到偏遠地區找小朋友玩數學遊戲，隨緣在小朋友的心田埋下喜歡數學的種籽。

過一會兒，隨緣播種的「心靈農夫」從市場買菜回來了。我把報紙啪地攤開來。

「『賴雲台愛找小朋友玩數學』，被採訪怎麼都不說，今天早上一堆電話咧。」

老爸摸摸口袋，哎喲了一聲才發現沒有把手機帶出門。他沒回答我的問題，倒是立刻跑去自己書桌前拿起手機，不熟練地回電。

「哪裡哪裡，您過獎了。」

「不是不是，您誤會了，我只是野人獻曝，一點點小小的心得可以跟老師們分享而已。」

「有需要的話我一定去。」

「不行吔，我剛剛跟別的學校敲定了那天，真是不好意思。不然下週可以嗎？」

老爸站在書桌前，頭側著一邊夾住電話，雙眼微瞇地聆聽對方每一句話，說謝謝時還真的點頭致意，好像對方就在眼前一樣。他手上拿著鉛筆，確實地記下與對方約好的時間地點。

「那我再重複一遍，麻煩您確認一下我有沒有抄錯。」

我把目光移轉到堆在廚房門邊剛買回來的菜上。依照老爸有條不紊的做事風格，平常一定是先把菜整理好，才會去做下一件事。

看來，這篇報導對老爸來說真的是件大事。

……將數學元素融入校園裡。例如學校的田徑跑道，在地下埋傳聲管，不用擴音器在跑道起點喊，終點就能聽到；樓層地板融合數學漢米頓原理，畫上方格和數字，下課十分鐘，學生就能玩起來。結果學校蓋好，賴雲台也蒐集一大疊好玩的數學遊戲……

這間學校指的是台北市的新生國小，在學校籌備期間，有一次爸爸帶我去，很得意地指著一個角落說是他設計的。我想起小時候住在淡水鄉下，是面向梯田的透天厝，整條街房子二樓的窗戶都是往外突出的六角形設計，那是當初老爸看書，跟建商討論後自己構想的樣式，後來鄰居們覺得好看都紛紛仿效。

老爸真是有源源不絕的點子和強大的執行力。

後來老爸告訴我，他之所以沒有向我們提到受訪，是因為那位記者原本要去採訪新生國小的校慶，後來知道有很多教學環境是老爸設計的，校長又大力推薦，才變成專訪老爸。

「這是剛好而已，又不是人家知道我的努力所以特地來訪問，沒什麼好宣揚的。」老爸搖著手說。

我在旁邊清楚看穿老爸內心的矛盾。這麼多年來，老爸全心研究數學、發想遊戲，每隔一陣子才有機會受邀去學校講課。儘管沒說出口，但我相信老爸偶爾會感嘆自己懷才不遇，難遇伯樂。現在報導刊出，一方面，他很高興自己費盡心血鑽研的趣味數學教育，終於受到注意，但另一方面，老爸又覺得這是意外撿到的機會，並非從頭到尾憑他自己的本事得來。

在受到肯定時不被沖昏頭，依然想著自省、自我要求。比起開心的理由，老爸不開心的原因更讓我印象深刻。

他常對我說：「機會是給準備好的人。」但他卻給自己更嚴苛的標準——不但要準備好，連機會也要自己去創造，不要指望仰賴他人。

那天晚上，我一如往常錯過末班捷運，搭同學便車到家時已經凌晨兩點多。開門時，我瞥見鐵門下滲出的燈光，知道客廳裡還有人沒睡。

「回來啦，辛苦了辛苦了。要吃點什麼嗎？」老爸用帶點疼惜的聲音問我。儘管已經過正常就寢時間好一陣子了，他卻絲毫不見倦意。

桌上有好幾盤菜封著還沒收，有些保鮮膜裡還有霧氣，是吃完沒多久就封好，刻意留著等我回來吃的。我稍微數了一下，想起早上看到老爸帶回來的菜。今天的菜色比平常豐盛，或許是老爸看到新聞，買回來犒賞自己的吧。

「今天有幾通電話呢？」

我坐上餐桌，撕開保鮮膜，用手揀了片肉排放進嘴裡。

「大概二十幾通吧。我想想……」

老爸扳起手指，對著空氣一通一通地算起來。時間、日期、地點，像唸咒一樣複誦著。算著算著忘了，還起身到書桌去拿筆記本看。

「高雄？屏東？這麼遠你也去啊。」

我有點訝異一向不喜歡出門的老爸，竟然為了推廣數學教育接下這麼遠的工作。

老爸拿著筆記本回到客廳，笑說：「還好啦，有高鐵很方便。到那邊再轉公車就行了，一天往返也可以。」

這時倒有點慶幸老別克不在了，不然老爸肯定會去更多的偏遠地區。加上他有嚴重的戀家情結，從來不肯在外面過夜，就算到屏東也一定是當天來回。可以想像在接下來的日子裡，老爸得常常披星戴月地四處奔波。

「你以後可有得忙了。」

我搖搖頭，學起老爸伸出手指來，把沾在上面的肉汁舔乾淨。

「是啊，而且壓力也大多了。原本自己做，就算做不好也沒人會管、會發現。現在去各個學校講課，就真的得好好準備。沒有兩下子，當著面人家不好意思批評什麼，但私底下一定會瞧不起。」

「不能讓人家覺得我們是浪得虛名。」老爸對著我說。

我們？我開玩笑地轉頭假裝在找別人。

聽完老爸的話，我心裡其實立刻想到電影「蜘蛛人」第一集的經典台詞。

「With great power comes great responsibility.」（能力愈強，責任愈大。）

我把這句話拿出來跟老爸開玩笑，沒想到老爸反應不如預期，反而噘起下唇，用認真嚴肅的表情朝著我點點頭。

或許他忘了那部電影了，已經是好久以前在HBO看的。但在內心深處，憑著跟老爸相處二十六年的經驗，我很清楚他那個表情的含意。

儘管不是美國漫畫裡會吐絲、或緊身衣胸前寫個S、畫頭蝙蝠的超級英雄，但老爸絕對是真的把這句話視為圭臬在奉行。

| 第三篇 |

告別，不是永遠的分離

每次畢業典禮，司令台上的校長總會說：「天下沒有不散的筵席。」

儘管身為主角，但這種話聽起來就像打在傘上的雨水，只聽見滴答的雨聲，身上還是乾乾地一點事兒都沒有。

「明天下午約老地方打球喔。」跟同學道別前，我們約好了下一場聚會，彷彿永無止盡的流水席。

少年不識愁滋味。很多事都得親身經歷後才知道。

爸爸的離去扯掉了頭上那把傘，讓我在滂沱大雨中徹底了解分離的痛苦。在這巨大哀傷中，我真正體會到爸爸當年也是在這年紀，與爺爺永別的心情。彷彿爸爸無聲地，在臨走時，把他埋藏多年的情感一股腦傾洩在我心中。

一直以為早已零距離的父子關係，原來還可以靠得再近一點。但代價，卻是如此地沉重，不堪負荷。

我想衝回家跟爸爸聊聊此刻的心情，卻發現家裡的樑柱已消失不在。

於是只能拿起筆，在日記中寫下一切的體悟。就像以往按下 Skype 通話鍵，台灣、德國的柴米油鹽便沿著海底電纜，在一萬公里間來回。

就像點燃一炷香，手握筊杯，喃喃低語的祈禱便順著裊裊繚繞的香煙傳遞上天。

我想，只要像以往一樣把想說的話寫下來，爸爸應該就會看到了吧。

突來的託付

以前，爸爸每天都去爬山運動。有時一個人去，有時見我躺在客廳地板上看電視，便會問我要不要一起去。十次有七次，我選擇繼續漫無目的地切換頻道，寧可讓不同頻道瀏覽我，也不想去爬山。

「不是不想陪你嘛，只是爬山真的太無聊了。」

身後鑰匙鎖門的聲音中，彷彿摻雜了爸爸的一絲嘆息，每次聽到我心裡總是帶著點內疚。

。。。

二〇〇九年五月底從德國回台灣度假，假期結束的前幾天下午在家收拾行李，正巧爸爸午睡醒來準備去爬山。他坐在沙發上，輪流伸出兩隻腳套襪子，問我想不想帶幾包南門市場的牛肉乾回德國，然後到走廊上穿鞋子準備出門。

「噯！怎麼不問我要不要跟你去爬山啊？」都準備好要用收行李當藉口的我，沒聽到預期的邀約，反而好奇地問起來。

「我想你在忙著打包，就省得自討沒趣了。誰叫你之前常常拒絕我，老人家不能再被打擊了。」爸爸故意把臉扭成包子形狀，假哭卻沒有一滴湯汁流出來。

「好嘛好嘛，這次不是要陪你了嗎？」話才說到一半，我就發覺自己中了欲擒故縱的陷阱。

出門後，爸爸回頭看見我腳上的拖鞋。

「換個鞋子吧，等等山路很陡。」

「沒鞋啦，也不知道是誰穿了我的鞋子又穿了我的T恤，剛剛還在裝可憐。」

「我是看你這些沒帶走的東西一整年不用要壞掉了，才拿過來穿的。」

的確，爸爸穿的都是我最舊的鞋子，跟已經讓衣魚蛀破一兩個洞的T恤。好衣服、好鞋子早送去乾洗收藏好了。

「我的東西還不錯吧。」

「勉勉強強，不過汗臭味太濃了。」爸爸把衣襟拉到鼻子旁，臉又皺成個包子。

「啐，得了便宜還賣乖。」

走到離家不遠的山腳下，我提議買個飲料路上喝。

「你去買，我先慢慢往上走，你再追上來。」

我用最快速度衝到對面的超市拎了瓶飲料，像折返跑一樣再衝回來，到爸爸身後幾步路時趕緊放慢腳步。

「嗯？怎麼這麼快就回來了。」爸爸轉過來問我。

「是你年紀大走太慢了，我去很久吔。」我深怕喘氣太明顯露了馬腳，每個字都特別注意地慢慢說。

爬完第一個陡坡，爸爸站在路口，雙手扶著膝蓋大口大口喘氣。我帶著微笑，盡量放輕喘息聲。

「你會累嗎？」爸爸抬起頭來問我。斗大的汗珠從他額頭上滴下來，還沒流到眼睛裡便被他伸手抹去，在柏油路上甩出一串串深色的水痕。

「我是年輕人怎麼會累。倒是你每天都在爬山，怎麼還這麼喘？」

「不知道吔，這陣子我體力好像又下降了。以前每天爬山兩個小時，隔天會很有精神，現在爬兩小時，還是一直想睡覺，得爬四個小時才有精神。」

「不行，老了吧，真是沒辦法。」他重重吐了口氣，挺起身子，邁開腳步繼續往前走。被汗水溽濕的背影駝著，看起來有幾分喪氣。

「沒有啦，其實我剛剛也很喘，只是故意在你面前裝沒事的樣子。」我趕緊湊上前去說。

「臭小子，那你也該好好鍛鍊身體了，不要比我這老頭子還差。」爸爸一手搭上我的肩膀，笑笑地說。

登山步道從陳濟棠墓園入口開始，經過丹鳳石，一直到丹鳳山電視轉播站。按照以往的路線，接下來應該是去好兄弟的國宅，第一公墓。

「今天不走那裡，帶你去別的路線吧。」

不知道從什麼時候起，爸爸已經精神抖擻地走在我前面了。

「你這樣每天自己爬山不會無聊嗎？」我對著爸爸的背影發問，藉機喘幾口氣。

「不會啊。這邊很舒服，我每次自己來，帶一枝筆、一張紙，邊走邊想問題，數學啊，或是字典該怎麼寫。每次一想出來就很開心，想要趕快下山寫出來，所以下山總是比上山快。」爸爸稍微停下來等我趕上，一臉滿足地說著。

「山氣日夕佳，飛鳥相與還。」

我依稀聽見爸爸獨自一人時吟詩的聲音。

山路上上下下，偶爾路徑會消失，只剩下泥土和踩扁的雜草，但我跟爸爸的對談卻從沒斷過。回國以來一直忙著開會、跟朋友聚餐，沒什麼機會父子獨處好好談心。

「好，到啦。」

反方向的路人愈來愈多，爸爸停了下來，帶著狡黠的眼神回頭看我。我愣了一下，眼前是塊比丹鳳石更巨大的裸岩，指示牌上寫著「軍艦岩」三個字。

「怎麼走到軍艦岩了。有走這麼遠嗎？」因為總是在石牌、芝山一帶看到軍艦岩的登山入口，我一直以為它離家有一段距離。

「以前沒帶你來過吧，想趁你回德國之前，讓你看看這邊的風景。」爸爸站在軍艦岩邊說著。

我三步併作兩步跳上去。明明在山上，但赤裸裸的褐色砂岩與眼前開闊的視野，卻讓人有種踩在東北角岩岸的錯覺。透明遼闊的天幕下，關渡平原寧靜躺著，成了座海底城市。

「通常別人是從這邊上來到軍艦岩，再一路到北投。我們是反著走。」爸爸笑了一會兒說：「再帶你去繞一條路，不過我也好一陣子沒走了。」

彷彿回到當年逛夜市的情景，爸爸帶著我往下一個攤位前進。先喝個豬腦湯呢？還是先吃臭豆腐？我在腦中翻索著模糊的記憶。

「哎哎，爸爸啊，小時候你帶我去夜市，通常是先吃哪一種……怎麼這邊這麼陡！」話還沒問完，我學起前面的爸爸，把雙手扶在兩邊陡峭的石壁上，像被不知名的力量壓著匍匐前進。其他登山客已經成了遠方的小點，我們周圍什麼都沒有，只有一大片光禿禿的白色石壁。

「很陡喔！我第一次走也覺得很恐怖，想著萬一不小心在這邊摔倒，該怎麼辦。叫你不要穿拖鞋就是這個原因，這邊很難走。」

我低著頭看路，爸爸的聲音從上頭傳過來，彷彿他從天上往下說話一樣。

「這樣太危險了，你平常自己會走這邊嗎？」

我想像著爸爸自己像隻壁虎爬行的模樣，不由得擔心起來。

這隻老壁虎……

「不常。有次還走到另一個地方，我都忘記要怎麼走了。那邊更恐怖，有一整面的峭壁。」

我想起前陣子媽媽提過，爸爸有時傍晚才爬山，到天黑都還沒回來。

「什麼不常，以後自己一個人不准走這邊。太危險了。」

走完陡坡後，拍掉手上的灰，我立刻要爸爸答應我，以後不可以再走這條路。

「你穿的是我的休閒鞋吔，這鞋在夜市踩到水都會滑倒了，更何況是這麼陡的山路。要是扭到腳，又沒有其他登山客，你就被困在山裡了！」我愈想愈覺得事態嚴重，語氣跟著急促起來。

「誰剛剛才說自己的鞋子很好啊？」爸爸一派輕鬆地繼續說著：「放心，我不會出事的。你是偶爾爬一次才覺得很危險，剛剛那條路也是真的比較不好走，不過我天天走就還好。」

「不管，總之我在國外，你不希望我每天在實驗室裡，還要擔心我爸爸會不會正枯坐在山上等人救援吧！這會影響我做研究的心情和效率。你又不肯隨身帶手機。」

「那我帶手機就可以走嗎？」

很明顯地，我愛唱反調的個性是從小得自爸爸身教的成果。

「不行，不准跟我開玩笑！」

「好好好，我答應你就是了。」

明明嘴上是應許了，爸爸卻是笑著搖搖頭。那是他每次被我「盧」到答應後，標準的無奈反應。

。。。

走進陽明大學，爸爸像在自家後院一樣，順著樓梯往下，一路告訴我每棟建築是什麼系的系館。

不知不覺間，我把假日去台大實驗室時，外出吃晚餐看到的那些慢跑的老先生，與爸爸重疊起來。每次看到他們，我都會想：他們的家人在哪呢？這樣自己運動不會孤單嗎？

我總是覺得別人的父母很可憐，卻沒想到自己也常冷落爸爸。

出了陽明大學來到石牌的黃昏市場。從前爸爸還在立農國小當主任時，偶爾傍晚我們會來這邊買菜，最常光顧的是一攤賣豆漿、豆腐的店。一大袋的豆漿買回家得再燒開一次，表面凝固著一層薄膜，爸爸說那是我最愛吃的豆腐皮，始終讓我半信半疑。

「買一袋豆漿吧？」我開心地問爸爸，兩個人摸摸口袋掏錢。

「老闆，二十塊能買什麼？」

綠燈亮起，我們穿過馬路，拎著唯一買得起的一塊豆腐，沿捷運下的帶狀公園散步回家。南北頻繁往來的捷運不斷從頭上奔馳而過，兩側道路也是車水馬龍，大家似乎都想趁著天黑前快點回家，或是趕赴約會。只有我們父子倆身旁的時間緩緩流著，偶爾還因為聊天的話題，倏然有種倒退回過去的錯覺。

「以後一家之主就交給你了。」沉默一陣子之後，爸爸沒來由地迸出這句話。

「啊?為什麼?」我甩著手上的豆腐,回問爸爸這句沒頭沒腦的話是什麼意思,內心有種不好的預感。

「豆腐不要甩,回去都破了。」

「沒什麼原因啊,我只是覺得差不多是時候了,也該讓你多擔待點家裡的事情,不可以再依賴我。」爸爸說。

是我多想了吧。

我笑著回老爸:「講得好像我還很依賴你的樣子,嗯……那我當了一家之主,是不是什麼都聽我的?」

「是。」爸爸回答得很果決,兩眼炯炯有神看著我。

「你!這個窩在家裡的老宅男!今天回去就給我收拾行李,和我一起回德國!」

我立刻濫用職權。

不知道從什麼時候起,爸爸就不喜歡出門旅行,總是把自己關在家裡寫字典、編數學遊戲,比日本的天照大神還難請出門。

「哈哈,這樣亂命令人的一家之主就不合格了。」爸爸笑著搖頭。

「哎,一家之主還要被你評論,我新官上任第一個命令就被拒絕。大膽刁民,你誆我的嘛。」

「不是這樣說，正因為你是一家之主，更不可以隨便說話。以前古代一個大家族的族長，家裡有爭執時都去找他，他講的話大家都會聽。憑什麼？」

糟糕，玩得興起一時不察，終究被爸爸逮著機會講道理了。

「因為他有能力、有見識，比別人想得更周延、更長遠，所以大家都相信他，願意照著他的話去做。就算短期內看不出來，時間也會證明他是對的。」

爸爸滔滔不絕起來。儘管身上穿的是被汗水和泥土弄髒的T恤，與一條褪色的及膝海軍藍運動褲，但眨眼間，那個站在朝會司令台上，總是精神抖擻發表演說的賴主任，似乎又出現在我身旁。

「這都是互相的，你愈有能力，別人愈信任你、也愈願意聽你的。但如果你一不小心做錯判斷，就會失去別人對你的信心。不用多，一次就夠，以後就沒人肯聽你的了。所以一家之主更要謹言慎行，不可以隨便發號施令。」

爸爸拍拍我的肩膀。

「現在由我留在這邊，代替你這個一家之主照顧你媽媽還有其他家人，讓你可以放心在國外奮鬥。」可能是怕我不滿意他的回答，爸爸又補了這個理由。

「那你以後不准一個人去爬那段山路。」我趁機討價還價，又強調了一次。

「好，你放心。我答應你不會去爬就不會去爬。我也會好好照顧自己。」

爸爸摸摸我的頭。我還是不太習慣用言語表達對家人的關心，或許爸爸也知道，才會用摸頭來化解我每次講完這類話就低頭的尷尬。

下午出門時天氣還有點悶熱，走到家門前的巷子口，已經夕陽西下，氣溫也涼爽許多。我低著頭，看見自己與爸爸的影子，偶爾因為彼此肩膀相碰而有那麼一瞬間疊合。背後紅澄澄像鹹鴨蛋蛋黃的太陽，將它周圍的雲彩渲染成一片火紅，把眼前的兩條影子拉得好長。

在那當下，我全然不知，原來爸爸的人生只剩那麼短的時間。

終身難忘的一天

我是個很容易受影響的人，在德國時也和其他人一樣，過起規律的生活。每天搭同一班公車上下學，因為廚藝有限，煮的菜也很規律地循環。每到週六，一早先去露天市集買菜，下午泡杯咖啡、擺些點心，坐在沙發前打開電腦，準備跟家人用 Skype 視訊。

那天，原本也該是再普通不過的一天。

如果沒有那通 Skype 的話。

。。。

我一如往常彙報完本週新鮮事之後，老爸忽然說：「我也有事情要跟你講。」這倒挺稀奇的，通常老爸、老媽只會聊本週天氣如何，或是我家的狗趁散步時翹家之類的事。幾次之後，老爸好像察覺到自己的話題比我的還瑣碎，後來只剩一句：

「沒什麼啊，很平淡的日子。」

「很平淡的日子。」這句話原來蘊藏了這麼多的幸福。

老爸說這週去東門國小演講完，隔天身體不舒服，醫生安排住院檢查，住了三天才出院。因為老爸一向很注意健康，加上他神色自若地好像在說別人的事，我並不是很擔心，聽著聽著，還偶爾切換視窗跟朋友丟幾句MSN。

說到診斷結果時，老爸忽然停下來。

「你猜醫生怎麼跟我說？」老爸露出詭異的笑容。

「這有什麼好猜的？你就說嘛。」

一股莫名的不安從心頭湧現。醫生嘴裡說出的話，除了懷孕之外，我實在想不到還有什麼值得開心的——有時就連有小孩，也不見得每個人都笑得出來。

「我得了癌症。」

說這句話的時候，老爸臉上依然帶著微笑，表情一點也沒變過。

我還沒反應過來，瞬間眼淚已經像自動門開啟似地嘩啦啦直流。

國中時，朋友之中有人交女友，還沒得到異性青睞的我們很是羡慕；研究所畢業後，有同學先一步踏入職場，還在學校裡的我們也感到很好奇。很多事都是先發生在周圍的人身上，之後才輪到在一旁欽羨的我們體驗。唯有一件事情，當它隨著年紀逐漸進入我們的生活圈時，卻是每個人避之唯恐不及，那就是父母的健康問題。

我曾經參加朋友因癌症過世的父親的告別式，看著朋友哽咽地吐露對父親的眷戀，其間還因為強忍悲痛情緒而半晌說不出話。回家後我很感嘆地對老爸說：「這真是人生中最痛苦的事了。雖然這樣講有點失禮，但希望不要發生在我們家。」

「呸呸呸，烏鴉嘴。」

老爸笑著用手在臉前揮了幾下，好像我講了個不吉利也不可能實現的笑話。

誰知道它竟然成真了。

無數念頭像樂透機的彩球在我腦袋裡翻滾。擦乾眼淚，我看見老爸、老媽依然一臉笑嘻嘻，彷彿他們在螢幕上看到的不是一把鼻涕一把眼淚的我，而是整人大爆笑。

「你們在騙我嗎？」

我帶著一絲期待，希望這一切都是假的。但老爸卻用像是被漿住了、怎麼樣都不會變的笑臉回問我：「這種事情能拿來騙人嗎？」

「那你們兩個幹嘛還笑得跟傻瓜一樣。」

我有點生氣，準備好的「整人成功」牌子到底藏在哪兒？

這時候，老爸稍微恢復正常表情。

「我不是騙你，我真的得了癌症。醫生說，是肺腺癌末期，快的話兩三個月就沒命，運氣好拖久一點，也不過一兩年。」

我比吃了十公斤大麻看見地毯像森林般搖晃還要沒有真實感。上週還神采奕奕說要去演講的老爸，這週竟得了癌症。奇怪的是，他依然平靜得像整件事是發生在某個可憐的鄰居身上。

「不過你放心，我這兩天想了很久，一開始也很不平衡，我不菸不酒也不熬夜，還每天爬山，為什麼會忽然冒出這東西來。老實講，當時我想那就算了，一切都放棄吧。」

「可是後來又覺得，不行，我還有很多事情沒做，我的字典沒寫完，那個數學也一直沒有推廣出去，所以我一定要全力養病，跟它拚了。你不用擔心，我答應你我一定會好起來，我不會這樣兩三個月就走了。」老爸頓了一頓，頭歪向一邊苦笑了一下，抽動的肌肉彷彿是癌細胞在他臉上拉扯。

「不過，人總是要做最壞的打算，治療前也要做好準備。我計畫明天去教育部，後天再去台北縣教育局，推廣我的數學教育。說不定他們會覺得，既然我是個快要沒命的老頭子，不是為了賺錢或賣教材，會更願意接納我的意見。」

「另外，那天我去東門國小的時候，有幾位年輕老師想要跟著我學習教法，我也要再跟他們約時間，把一切東西都傳授給他們。」

「最後關於字典，我打算去找個教授，或是希望政府能不能幫忙接手。因為字典這種東西更重要，只是沒有人知道而已。」

與其是說給我聽，老爸更像是在跟自己一條條核對、確認接下來該怎麼做。

對許多人而言，被告知罹患癌症的那一刻，世界似乎就此停滯不前，之後漸漸發臭，成了一灘死水。但對另一種人來說，那像是最後百米衝刺的槍響，準備豁盡全力燃燒自己，在生命的尾端畫出一道流星般的璀璨光芒。

我很清楚眼前這個依然笑著、但眼角終究承受不住重量、淚水一滴滴滑落到臉頰上的老爸，是哪一種人。

想到這裡，更難以接受他生病的事實。

淚水像電腦病毒一樣，透過網際網路在我們倆之間蔓延開來。

可能是衛生紙用完了，或者終究是爸爸，生病的他反而安慰起我這個健康的人。

「你放心，我會好好治療。真的沒什麼事。我一開始還不想跟你講咧，要不是你媽跟你姊一直逼我⋯⋯」

我想起昨天老姊在 MSN 上叮嚀我要打電話回家，我不以為意就關掉她的視窗。

「真是太亂來了，你當這是感冒還是掉一百塊嗎？還不想講！」

「不過我跟你講，有個條件，就是你不准回來。」

「什麼？」

「你又不是醫生，回來能幹嘛？我跟你講的目的，只是要告知你有這麼一件事發生了，不是要影響你在那邊的生活。你有自己的研究要忙，跟實驗室同事有合作計畫，不能這麼不負責任說回來就回來。」

老爸就是這樣不喜歡麻煩人，甚至已經到「怕」的地步了。

儘管爸爸跟幾位叔叔、姑姑一直保持密切往來，但整個生病的過程，連家族親人都不太清楚。兩位姑姑甚至是到老爸病危，送進加護病房前幾個小時，才被告知——而當晚，爸爸就離開了。

老爸的表情更凝重了。他說：「我當你已經是大人了，會依據輕重緩急做判斷，所以才告訴你。」

我知道無論如何拗不過他，只好點點頭回答：「我知道了。」

但正因為知道輕重緩急，所以更要回來。

四天後，坐在香港機場轉機時，大姊又在MSN上說：「爸爸知道你的班機了，他硬要去機場接你。不過他說這次換他給你個驚喜，所以沒讓你提前知道。」以前，我總愛提前回國出現在家門口，給老爸驚喜。

出關後，約好接機的叔叔站在走道上等我。還來不及張望，我便看到老爸白色襯衫、灰色西裝褲的身影躲在某個門邊，只有頭藏在門後。。這根本是幼稚園或鴕鳥等級的捉迷藏。

我打起精神，笑著走過去喊：「爸爸，不用躲了啦，我早就知道了。」停了一會兒，老爸從門外探頭進來，氣色還滿好的，只是身形消瘦了些。他笑笑地拉著我說：「回來啦。」

後來才聽叔叔說，那時候老爸站在門邊不是為了躲我，而是在啜泣。

人生有一些場景，會讓你終身難忘。有些在發生的當下你渾然無所覺、不以為意，但之後卻在心裡逐漸發酵。更有些在一發生的瞬間，你就知道將會是影響你未來生命的重要關鍵。

陪伴老爸的最後一個月裡，有太多太多的畫面，至今，以後也將，一直縈繞在我腦海裡。

再去散步好嗎？

「陪我去樓下散散步吧。」

「嗯，當然好啊。」

我攙扶爸爸的左臂，沿著對面的國小，經過以前練騎腳踏車、現在被街坊用來曬棉被的溜冰場，慢慢走到附近的郵局。

記得小時候全家逛街，爸爸總是自己逕直往前走，一個不留神，就淹沒在遠方竄動的人潮裡。媽媽跟姊姊則拉著我，朝爸爸雙手交疊在後的身影邊追邊埋怨：「爸爸很討厭耶，故意走那麼快幹嘛。」

當時從不曾想到，有一天爸爸會需要人攙扶，每走幾步路就得停下來喘氣。

爸爸的左臂，鬆垮垮像溜冰場上曬的棉被。因為體重下降太快，皮膚成了不合款的被套，一扯，扯出一整片不帶肉的皮。奶奶在世最後幾年，出門也總要人扶著，有時候爸爸得先去開車，就會跟我說：「你先扶著阿婆（客語：「奶奶」）。」

那時握著奶奶的上臂，也是這樣的感覺，軟塌塌一整片肉，就像奶奶的眉毛一樣，失去抵抗重力的彈性向下垂落。當時想著，會不會有一天我也得這樣照顧爸爸、媽媽，也要隨時提防他們被地心引力拉得整個人往下垮。

這一天來得真匆促……

「今天不熱呢，真好。」

走出郵局，爸爸抬頭望向晴朗的藍天，丹鳳山上方捲了幾片雲，靜靜俯瞰我們。一陣涼風掠過，像是指揮家的指揮棒，引領蟬兒奏起夏季的樂章。

「應該是知道咱們家老爺要出巡了，特地降溫十度。」我嘴邊開玩笑，心裡卻不平著，明明出了這麼大的事，世界卻冷酷不為所動地照常運行。

「天地不仁，以萬物為芻狗。」

老爸強迫我背的《道德經》，竟然在此刻讓人體會了它的意思。

那是我匆匆從德國趕回來的第二週。

第一天回來的當晚，因為時差睡不著，我躺在客廳裡望著天花板發愣。家裡小孩太多，原本這是爸爸睡覺的地方，一直到我出國後，爸爸才搬去我房間睡。三不五時，房裡就傳來爸爸的咳嗽聲，我拿起手機記錄他咳嗽的頻率，依照強度分出一到六級，每咳一次，我就隨意撥一組以一至六為首的號碼記錄。天還沒亮，次數早已超過通話記錄的儲存上限了。

等到爸爸起床後，我問他：「昨晚睡得還好嗎？」

「還可以吧，你回來了有睡得好一點。」爸爸笑了一下。

還可以？平均不到十五分鐘就咳一次，根本沒睡著吧。

每天晚上，爸爸就這樣不斷咳嗽。起先我聽著睡不著，幾天後竟然也習慣了，早上醒來還很開心地問爸爸：「你昨天都沒咳嗽吔，有進步喔。」

爸爸還沒回答，睡在隔壁房間的媽媽先搖搖頭。

「沒有，還是咳很兇。」

我為這樣的自己感到愧疚。

難道什麼事情，都是會習慣的嗎？

「今天我精神還不錯，我們多散步一下吧，不如再走到市場去。」從郵局散步回來，到家門口之前，爸爸又提議。

看著徵詢我同意的爸爸，我哪說得出不。

以前健康的他，每天下午固定爬山兩小時。這些日子以來，除了去推廣數學，他每天在家不是睡覺，就是坐在房間或陽台，一句話也不說地望著天空，像剛被關起來的鳥兒。偶爾我想過去陪他聊天：「在想些什麼呢？」

「沒有啊，放空。」爸爸常常保持原來的姿勢回應我，彷彿看見了遠方有什麼我看不見的東西，過了一陣子才轉過來，低著頭看我的身子，拍拍我的大腿或是握一下我的手。

老爸是在羨慕，抑或是在懷念他曾經擁有的健康身體嗎？

一天，我正在浴室，忽然聽到陽台傳來一聲爸爸的大叫，接著是姊姊和姊夫急促的腳步聲。等我趕過去時，只見爸爸蜷著身體躺在翻倒的躺椅上，一臉痛苦的表情，嘴唇蠕動著不知在呢喃什麼。

「這什麼爛椅子，竟然會散掉！」我很生氣地開罵，一時之間竟衝動地想要遷怒於特地買躺椅給爸爸在陽台上休息的大姊。

「不是，別怪她。是我想收椅子的時候，一個重心不穩，自己摔倒的。」

爸爸在我跟姊夫攙扶下坐在紗門邊喘氣，痛苦的表情依然沒有褪去。他的右肩上擦破了一層皮，媽媽輕輕地替他抹上藥膏。

「你幹嘛要自己收呢，不是說你現在這種事都不要碰，交給我們就好了嘛。」

但誰也拗不過爸爸的個性，不管是收椅子或出去推廣數學，只要是他想做的，就算病成這樣，他依然照做。

朝著郵局的反方向，我們倆慢慢地走向舊北投市場，一路上聊著那幾天的推廣結果。

一開始，我們去台北市師範學院找某位教授。或許因為教授正在忙別的事，起先顯得有點急躁，爸爸拿著桌上的廢紙，翻過來在背面上邊畫邊解說自己設計的遊戲，比往常淡上許多的鉛筆筆跡，隱隱透露出他的虛弱。

教授像指導學生般，用不停追問的方式跟爸爸討論。

「你這樣跟別人有什麼不一樣？」

「你這遊戲背後的數學意義在於？」

「你的遊戲要怎樣才會讓小孩子肯玩？」

有點招架不住的爸爸苦笑著。

「教授可以借我一台電腦嗎？我有帶投影片來。」

爸爸從我手上接過袋子，裡面裝滿了藥，還有一個用透明塑膠袋包好的隨身碟。

半個小時後，教授被爸爸說服了，但礙於現實卻無法如爸爸期望般幫忙推廣，至多只能邀請各校老師舉辦幾場演講。

他搖搖頭跟爸爸說：「賴主任，我送您四個字，『盡力隨緣』。」

我看見爸爸呆了半晌，默默把這四個字寫在剛才那張白紙的角落，摺好後隨手塞進胸前口袋。

「是嘛，你就盡力隨緣，把安排好的行程去一去，然後好好養病，別再強求了。還被說成愚公移山，你想當愚公，我可不想當愚公他兒子，聽起來就不怎麼聰明。」

我笑著拍拍老爸的肩，刻意避開幾天前摔倒的傷口。

走到市場附近的公園，我們坐在涼亭裡休憩，前面是一群托兒所的小朋友。在幾位老師帶領下，小朋友跟著錄音機裡流竄而出的節拍踩踏著簡單規律的舞步，前、前、後、後、後、轉圈圈。一向充滿活力讓人看了就開心的孩子，此刻卻像過於刺眼的陽光，令我無法直視。

我怕爸爸想太多，正想找個藉口讓他換個地方休息，他卻忽然冒出一句話。

「一尺之棰，日取其半，萬世不竭。」

「嗯，我知道啊，極限定理。」

我知道爸爸最喜歡在古文中發現數學的道理，那是他兩個最大興趣交集的時刻。

「我現在做的事就是反過來。」

「我盡點力，看起來很荒唐，一點用處都沒有。但只要有兩個人被我感動了，跟著我一起去做，這兩個人再各去影響兩個人，這樣一直下去，這股力量就不得了了。」爸爸說。

「那最多就一尺。」我伸出一隻手指到老爸面前，兩個人大笑起來。

爸爸一定知道我是故意講錯的，等比級數的公比大於1時，無限多項的總和必然為——

無限大！

繞市場一圈後，我們像平常一樣順路買了點水果。

「買個蘋果吧，你媽媽愛吃的。」

爸爸準備掏皮包出來付錢，我已經搶先一步結了帳。

「我是當家的，你把零用錢好好收起來不要亂花。」

爸爸低著頭裝出小孩子無辜挨罵的表情，唯唯諾諾說了聲「是」。

回家後，一開門姊姊就急著問我們去哪裡去了那麼久，手機也沒人接。我抬頭望向牆上的時鐘，以往不到四十分鐘的路程，今天竟然走了兩個半鐘頭。

那天，真的走得很慢。

幾個星期後，我在家附近漫無目的閒晃，無意間又依著那天的路線繞了一次——公園、台灣銀行對面的水果攤、捷運站、橋上的廟、捷運站到家之間那條荒涼的路。

從小到大在這邊住了二十多年，這條路我跟爸爸不知道走過幾百、甚至上千遍。

「我想，閉起眼睛，搞不好我也可以走回家喔。」

小時候，我拉著爸爸的手這樣說。

「真的嗎？這麼厲害。」

爸爸，哪天我拉著你的手再散步一次，我走給你看吧。

第二個諾言

噗——

雙人病房裡瀰漫著糞便的惡臭。

我躺在爸爸病床旁邊的椅子上，眼睛看著冰冷的天花板。雖然看不見爸爸的表情，但從握著的手中我可以感覺到，他現在一定跟我一樣憋著不笑出來。

「哎喲，我的媽啊，真是太痛苦了。虧你昨天還下床過去幫他蓋被子，他竟然這樣『以屎報德』。」我小聲地跟爸爸講，爸爸臉上露出這陣子難得一見的笑容。

「不可以笑，人家用尿布已經很可憐了。」爸爸揮手要我住嘴，但說著說著自己也笑出來了。

「老先生沒事啦，明天就出院了，今天還很有精神，跟實習護士有一搭沒一搭亂講話。況且我不是笑他，我是笑三姊說昨天一整天也才一次，怎麼今天換我來，一個晚上就陪他換了三次。」我忍不住繼續說笑，逗著老爸：「你還有氧氣罩，我什麼都沒有。一開始我還想用嘴巴呼吸，一吸才想，不對，這不是吃屎了嗎？」

老爸笑得更開心了，甚至有點笑過頭，咳了幾下。

「我叫你趕快出去你不肯，我自己在裡面就好了。」

「不行，這叫有福同享，有屎齊嚐。更何況，這樣對老先生更不好意思吧。」

老爸點了點頭：「有道理。」

。。。

前往中山國中演講後，爸爸的病情急速惡化。演講完隔天，他原本還開心地炫耀：「你看，睡一覺就沒事了，哪有你說的那麼誇張，講幾句話病情就會加重。」

哪曉得病魔似乎把這句玩笑話當成挑釁，一兩天之後，爸爸竟然咳到半夜得抱著空氣清淨機才能呼吸的地步。我們趕快安排住院。

急診室裡，我跟姊姊推著坐在輪椅上、虛弱到無法站穩的爸爸，等候醫生的指示進行無止盡的檢查。

我曾經覺得聯考的教室很恐怖，因為在那裡，將決定至少未來幾年的命運。我曾經覺得國際會議的會場很恐怖，因為底下坐了一堆專家等著隨時發問。但在急診室裡，我看到兩個世界交接的第一線戰場，這裡沒有恐懼的餘地，只有生死的無聲對抗。

許多病患經過醫師的裝備、調整之後，擊鼓準備與死亡開戰。我低頭看著爸爸有些稀疏的頭頂。原來跟他們一樣，爸爸已經是準備要一決勝負的戰士了。

自從在哪裡看過打針不慎把空氣注射入血管而致命的報導，我對打針就有著莫名的恐懼，像是面對蟑螂一樣。總是愛抓蟑螂來嚇唬我的爸爸，現在又「故意」在我面前挨著一針又一針，注射顯影劑、抽血、打點滴、抽肺積水……

但這次我不撇開頭，看著醫師的每個動作。一根手掌長的針從爸爸背後穿入，一向堅強的他露出掙扎的表情，十指用力掐進我的手臂，嘴巴張得大大的卻喊不出聲音，只見深赭紅色的肺積水從針孔裡噴射逆流而出，瞬間裝滿一公升的瓶子。

「這是你爸爸身體裡的積水，昨天已經抽一公升了。」

醫生把瓶子舉到我眼前的高度，好像舉著一瓶綜合蔓越莓葡萄汁。那些水究竟是從哪兒來的？為什麼紅成這樣？已經瘦了好幾公斤的爸爸，如果體內有這麼多積水，那他究竟營養不良到什麼地步？

「裡面還有多少呢？」我把爸爸推出診療室，然後獨自走回去試探性地問醫生，希望能得到好答案。

「一定比抽出來的還多，裡面全都是水。」

醫生指著螢幕裡爸爸剛做完的超音波掃描結果，搖了搖頭。

住院後，或許因為不能繼續為理念奔走，爸爸開始顯得有點消沉，既不想攝取足夠的營養，也不願意起來運動一下，絕大部分時間只是掛著氧氣罩、閉上眼睛，靠在床頭上動也不動。我不知道該怎麼讓他振奮，只能反覆地勸著——

「多吃一點嘛，你都瘦成這樣了。」

「味覺壞掉，東西的味道都變得很噁心。」爸爸繼續閉著眼睛搖頭。

是從住院那天開始的嗎？爸爸的眉心很久不曾舒展開了。

我嘆了口氣，望向三、四坪大的雙人病房。病人的時間從住院起的那一刻已經停住，被困在小小的病房裡。從十幾層樓高的房間往外望去，窗外的世界成了一幅靜止的畫，而爸爸被遺棄在畫面之外。

儘管想回去，卻無法如願。

「你應該覺得開心，還好我博士班一直畢不了業，才可以在這邊陪你。」

那天，我吃完晚餐後來陪爸爸。

「德國那邊怎樣？教授或同事有說什麼嗎？」爸爸擔心我離開實驗室太久會不會有問題。一講到我的事，他就有精神了。

「他們都很關心你，要你好好養病。啊，倒是那討厭的希臘博士後研究員……」

順著德國的瑣事，我們好像又回到Skype上，講著那些不知重複過多少次的話題。聊到有趣的事情，爸爸臉上依然會出現短暫的微笑，不同的是，這次沒有時間延遲、沒有畫面定格，有的是——

爸爸的臉上多了個氧氣罩。

我們的手緊緊握在一起。

不知不覺，我們的聊天內容從德國飛回台灣，從現在回到過去，回到老別克還在的大學時代——

「記不記得有一次你載我去學校，路上也不說為什麼，到了後門才忽然冒出一句：『買兩個紫米飯糰給我。』超貪吃的，還要兩個吔！」

「有嗎？」

「有。而且不只一次。」

「好像有……買兩個是因為覺得中餐也不用煮了，吃飯糰就好了嘛。」

回到高中——

「你知道我跟高中最好的朋友，是為什麼才變成死黨的嗎？」

「嗯？」

「因為他舅舅跟你一樣怕塞車，每天六點半就把他丟在學校，我們兩個就這樣一邊吃早餐一邊打瞌睡變熟的！」

回到國中——

「你來顧我們班晚自習那次，請全班喝飲料，讓我超有面子的。」

「啊，是有這件事。不過我後來想，那時候做錯了，應該要買罐裝飲料的。我買那種飲料店的東西，如果喝了食物中毒怎麼辦。」

「他們那群愛貪小便宜的傢伙，還是會拉著肚子感謝賴爸爸的。」

回到國小——

「記不記得國小二年級的時候，有一天晚上我睡不著跑去找你，你在寫字典。」

「嗯……沒有印象。」

「小時候我不知道聽誰說，小孩一天要睡十二個小時，所以我都八點多上床。你們也沒人跟我講！」

「是這樣喔，我那時候還很感動，想說我兒子這麼自律。」

「才怪！我在床上根本睡不著，一直翻來覆去。我想，如果長大一點，就可以睡少一點了，不知道長大一點會過怎樣的生活。」

我頓了頓，調整一下情緒。

「我就一直想，想著自己二十歲、三十歲、四十歲、五十歲，一直想到死掉。忽然我發現，對喔，有一天我會死掉，不只我會死掉，連你們都會死掉。」

再吸口氣，我盡力維持平靜的語調。

「然後我就哭著跑去找你，跟你說我不要任何人死掉。我不想要長大，我連國小都不想畢業了。你記得你怎麼安慰我的嗎？」

爸爸搖了搖頭。

「你說，好，我答應你，那你就不要長大，然後我們都不會死。」

我感覺到爸爸握著我的手力道強了一點。

「結果你騙人，我現在還是長成了這副德性。但是我不怪你，只要你遵守第二個諾言就好，好不好？」

不知道從哪個字起，我的眼淚就不聽使喚了，那是我回台灣後第一次哭。一直望著門口的爸爸，側過身來用另一隻手拍我。低頭擦眼淚時，我瞥見爸爸伸過來的手臂上也閃著幾滴淚水。

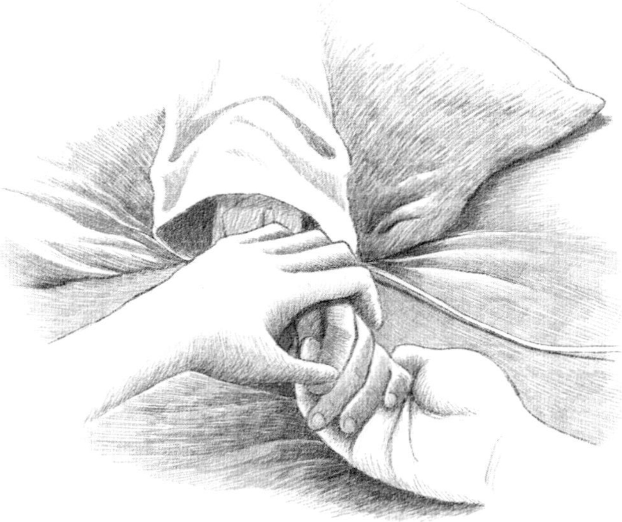

「嗯嗯，我答應你。」

爸爸笑了一下，那笑容就跟他安慰小時候的我一樣溫柔。

「丟臉死了，還害我哭。你也多哭一點啊，說不定明天可以少抽幾CC的積水。」

我們兩個笑成一團，忽然一陣怪味飄來——

「不會吧……又來？」

隔天一早，爸爸主動說他想吃蔥油餅，我很開心地溜去買，還特地跑到爸爸喜歡的天母「宋江餡餅」，去了才發現店還沒開。我悶悶地拎了個在醫院附近攤販買的蔥油餅回來，一進門爸爸就說：「跑去『宋江餡餅』嘍？忘了跟你講這麼早還沒開。」

晚一點，實習護士來陪爸爸聊天。

「賴伯伯，你們父子長得好像喔。」

「我比較帥。」

「他比較帥。」

「聽說賴伯伯是老師，教哪科的呢？」

「嗯，以前是教自然科的，不過現在比較算是教數學。」

一提起數學，老爸那股勁又漸漸回來了，講著講著還忍不住問護士：「你們有繩子嗎？我變個數學魔術給妳們看。」

我趕緊伸手制止爸爸即興演出。

這，才是我熟悉的爸爸。

偉大的賴老師

老爸生病後最懸繫在心上的，不是自己的身體健康，反而是如何推廣數學教育，很多人知道後都豎起大拇指，對我說——

「你有位很了不起的父親。」

坦白講，我不了解這話的意思。感覺就像是不太懂足球規則的我，跟朋友在酒吧裡看比賽，全場歡聲雷動，我卻壓根不知道發生了什麼事。

球不是出界了嗎？

「重點不是出界，而是他剛才獨自過了三個人，還能傳出角度這麼刁鑽的球。」

「球出界是因為運氣不好，隊友沒有配合到。」

那老爸的事情呢？

一向自詡最了解老爸的我，為什麼在別人讚美老爸時，卻完全無法體會？甚至，我還是最反對老爸抱病去推廣數學的那個人。

「你們把我關在家裡又有什麼意義呢？如果會好，那出去走這幾趟，會變得不好了嗎？如果已經不會好了，最後的日子還不讓我去做點一輩子都想完成的事嗎？」老爸那時倔強地說。

要不是這種讓人無法拒絕的求情，我應該會堅持不讓他出門吧。但直到現在，我偶爾還是會想，當初是否真該抵死不從，把他關在家裡養病。

「我的身體我自己最清楚，真的有問題我會立刻停止的，你們不用擔心。」老爸又補上這句話來安慰大家。

同樣地，我也不知道這句話真正的含意。老爸是錯估自己的狀況，還是他早就看透來日無多呢？

太多太多的如果、疑惑，在我心中盤旋不去，無法得到解答。這是老爸留給我最後的人生課題，最後的一根釣竿。我得找到答案，才能繼續往下走。

於是，我試著褪去親人掛念與擔憂的面紗，去反芻與老爸最後一段相處時光的點點滴滴。

。。。

老爸曾經跟我說過不只一次：「再十年，我大概就能把字典寫完。然後再十年，可以把數學也弄好。」

講完後感嘆一聲——

「不過好像沒這麼多時間喔。」

一個充滿抱負、想要工作到八十歲的人，忽然知道可能只剩下一個多月的生命，會有什麼樣的心態，如何度過？

一天，我跟老爸去教育部報告。這是他得知罹患癌症後，立刻跑去毛遂自薦而得到的一個小機會。與會人士預計有中央數學輔導團的老師和教育部官員。

當天因為交通問題，我們差點遲到，連走路都會喘的老爸下車後，立刻抓著我的手小跑步。我幾次要拉住他停下來：「不用急啦，遲到幾分鐘不會怎樣，來參加的人一定都會遲到。」

老爸一句話也沒回我，只是悶著頭繼續快走。在電梯裡我才注意到，他不是不肯說話，而是喘到連小跑步都有問題，哪還有辦法回答我。

「別人會遲到，我們不可以遲到。不要管別人怎樣，自己做對了才能問心無愧。更何況今天是他們給我們這個機會，當然要好好把握，不要一開始就給人壞印象。」

果然，我們最早到。

老爸孤獨弓著背喘氣的身影，在偌大的會議室裡顯得格外渺小。呼吸還沒調勻，老爸便指著桌上的投影機，要我先準備好電腦。不久後，其他老師紛紛抵達，但教育部的官員卻因為有另一個更重要的會議而沒辦法參加。

我心裡咕噥：「當初排時間怎麼會不知道兩個會議衝突，分明是不打算來吧。」官員的態度讓我更是認為，這場會議只是因為不忍心拒絕一位重病的退休基層老師，基於好意而安排的一齣戲碼。然而最後的缺席，讓這齣只做半套的戲，就像華麗的舞台布景破了一個洞，露出背後雜亂醜陋的木樑支架，更殘酷地讓人看清這一切只是虛無的表面。

出於好心的雙方，卻造就了尷尬的場面。

連我都感受到了，遑論在場的老師，甚至連老爸自己都察覺了吧。但聽完這個消息，老爸反而開朗地大笑幾聲。

「太好了，這樣我比較沒壓力，可以更輕鬆地跟各位老師報告。」

老爸的臉上看不出一點沮喪。

《讀者文摘》的笑話集裡可沒教過這種化解尷尬的技巧。

演講過程中，老爸偶爾會咳嗽，他於是自我解嘲：「老師們，不好意思，我生了點病。不過放心，這不像H1N1那麼危險，不會傳染的。」

能夠這樣神色自若地把肺腺癌說得比禽流感還輕微的，老爸是第一人吧。

在捷運上，他笑著跟讓位的人再三道謝，害羞的高中生臉已經紅得看不出青春痘在哪兒了。過了兩站有一位老先生進來，老爸立刻用手肘推我，示意我起來讓位。

每次去看病時，若等候區位子不夠，一直咳嗽的老爸也會讓位給其他人，自己站到外頭去。

「我咳嗽，別人搞不清楚，會怕被感染。」

甚至有幾次跟其他老師道別後，一轉身，老爸就是一陣猛咳。

「怎麼會這樣，剛剛還想說你都沒有咳嗽，已經改善了。」

「我硬忍的。」老爸苦笑著。

想著想著，我了解到，儘管生病之後，老爸成天開玩笑說，希望別人能因為同情他而答應協助推廣趣味數學，但事實上最不希望被當成病人的，就是老爸自己。我甚至覺得，在討論趣味數學時的老爸，常常忘記自己生病的事。

「成功不必在我。」

他滿腦子只想著能找到某個人，或是遇見某個機緣，可以讓他將心血寄託出去，冀望某一天能開花結果。因為專注著眼前要做的事，老爸絲毫沒有多餘的時間自怨自艾，去責怪別人不了解他的苦心。

忘了在哪次演講時，老爸曾不經意地說：「對學生上課，教懂一個是一個。但是對老師上課，教懂一位老師就等於教懂了上百個學生。老師就像種子一樣，會回去傳播我的方法。」

但其實老爸私底下對我說過：「我最喜歡直接面對小孩子，這樣上課最有趣。有些學生的反應，真的會讓你像是看到一塊海綿，把你傳授的內容吸收進去，慢慢膨脹。每次看到他們這樣，我都很滿足、很快樂。」

最後一個月，老爸放棄再去任何一間學校跟小朋友玩數學，轉而直奔政府機關，尋求當權者協助，就是希望能在最短的時間內，做最有效的推廣。後來，我整理老爸的書桌時，發現一疊他隨身攜帶充當筆記本的計算紙，上面密密麻麻寫著跟哪位老師會面時該討論什麼，幾月幾號又要準備些什麼。

某次我要帶朋友來家裡陪老爸聊數學，隨口說了一句：「我有些朋友不想當工程師了，搞不好你講一講，他們就立刻跪下來跟你拜師學藝，幫我們一起推廣了。」

想不到一回家，老爸已經擺了滿桌的數學玩具迎接大家，講到後來還欲罷不能，都過了睡覺的時間。

。。。

《牧羊少年奇幻之旅》裡有個句子讓我印象很深刻，是這樣寫的——

「當你真心渴望一樣東西時，整個宇宙都會來幫你的忙。」

可惜，現實生活往往不是這樣。你可以說那是因為我們還不夠真心渴望，所以宇宙仍像等待追求者表現的女孩，晾在那邊看我們努力。但我認為不是這樣，至少並沒有任何人或外星生物來幫助我那真心渴望的老爸。

這世界有太多我們無法控制的因素，掌握著人生的結果，掌握著我們的夢想。

現代年輕人的主流想法是：做任何事情都要有效率。我們把人生成就當成分子，底下以努力做為分母，能用愈少力氣實現理想的人，才是愈成功的人。換句話說，我們不做沒把握的事，因為那樣有可能白做苦工。我們遭逢逆境時，會先思考是不是該停損殺出、換個方向。

但老爸不是這樣，他讓我看到真正對理想的執著，不能這樣衡量計較。只要有機會，哪怕再微小的可能，哪怕需要花再多的精力，甚至得豁盡寶貴生命的最後一段時光，老爸都願意付出。

或許，這就是偉大與優秀之間的差別。

對自己的理想負責。
我知道為什麼別人會尊敬老爸了。

最後一夜

「聽覺是最後消失的感官，你們還可以趁現在快跟父親多說點話。」

我永遠忘不了那天的一切。

清晨，德國同事來信。打從爸爸出院後，全家人都隨侍在側，自費的標靶藥物也開始服用，看起來沒什麼問題，因此我決定去學校一趟，整理些研究結果。

「我晚上不一定會回來吃飯，你要好好吃喔。」

出門前跟爸爸叮嚀了一下，他閉著眼睛，嘴角掛著微笑點了點頭。

結果，下午我就接到姊姊的電話——爸爸在床上如廁時，忽然昏倒了。

一向習慣睡木板床的爸爸，出院後瘦了一大圈，嚷著木板床讓他睡得全身痠痛。今早新訂的軟床墊才到，正想著爸爸可以好好睡一覺了，誰知道沒等到晚上，爸爸就在床墊上昏倒了。

「我們在救護車上，榮總一時沒病床，還要找下一間醫院。你不用急著過來。」

我聽了二姊的話，竟然有鬆了一口氣的感覺，掛掉電話後，繼續若無其事地寫我的程式、回電子郵件。

我心裡很清楚自己在逃避。我不想再看到爸爸滿臉痛苦地躺在醫院的模樣，我希望一切都能在我看不到的時候好轉，等晚點我再過去時，爸爸又會跟早上一樣笑咪咪的。

我想按下快轉鍵，讓一切的不順利都過去，快轉到痊癒的那刻，快轉到可以重新看見每天喊著時間不夠、想做的事情太多的爸爸。

那時我並不知道，如果想再見到那樣的爸爸一面，只能按下倒轉鍵。快轉與逃避，只是讓我浪費了最後與爸爸相處的寶貴時光。

傍晚，接到三姊的電話：「現在有好一點了，爸爸剛剛醒來還開玩笑說：『趕快給我一條褲子，這樣都被人家免費看光了。』你忙完再來吧，不用急。」很像爸爸會說的話。我笑了笑，稍微放心，到學校後門點了十顆水餃吃，打算拖晚一點再去醫院。

反正陸續打電話來的叔叔與其他姊姊，都已經趕去醫院了。不差我一個吧。

然而不知怎麼地，十顆水餃竟然吃不完，夾沒兩口我就回實驗室了。

「你要不要趕快過來，狀況好像不大好。」

「醫生說有點危險。」

「醫生說要插管，我們不知道該怎麼決定。」

吃完飯後，忽然接到三位姊姊分別打來的電話。她們怕著急的情緒影響其他人，都走到沒人的地方才小聲說話。我立刻坐計程車趕到醫院。

到醫院時，原本不知情的姑姑和其他親戚都來了，擔憂的表情寫在所有人臉上。爸爸戴著一副氧氣罩呼吸，輔助他那已經喪失一半功能的肺。

「你父親原本依賴的那半片肺，現在因為發炎也無法使用了。」

「你看他的心跳這麼快，就是因為缺氧，所以心臟得加速輸送氧氣。再這樣下去，我們只能幫他插管。」

「如果不插管，心臟無法負荷，之後當你看到心跳下降時……」

「但是如果插管，也不一定樂觀，有可能之後就得一直插著了……」

「插管後，病人有時生理上會自動排斥，我們會替他打麻醉，讓他休息……」

吵雜的急診室裡，醫生用老師在課堂上講課般的口吻，冷靜地告訴我殘酷的事實，要我們決定插管與否。

把我叫過來，我也不知道該怎麼辦啊。

巨大的壓力讓我持續逃避地請別的親戚進去陪爸爸，然後躲到急診室外邊，靠著室外的熱風確認自己在現實中活著。急診室裡所要面對的一切太殘酷、太不真實了。奶奶跟叔叔討論時，我們都想到奶奶最後幾年臥病在床，連話都不能說的光景，奶奶當時是怎麼想的呢？

我決定去問爸爸的想法。

陸續有親戚從急診室出來，說爸爸要我進去。進了病房，我看見叔叔正替我將醫生的話轉述給爸爸，讓他知道自己現在的狀況。

我看著爸爸猛烈起伏的胸口，一向有默契的父子，我卻第一次無法揣測他的心意。再簡單不過的二選一，卻沒有一個答案能讓人接受。

爸爸是怎麼想的呢？

我握著他的手，那牽著我一路走過來的手在顫抖。爸爸攤開我的手掌，像是要在上面寫些什麼。

我立刻轉頭請人拿了紙筆，然而，一向下筆工整有力的爸爸，此刻卻只能像小嬰兒一樣亂畫。

「我看不懂，爸爸，你可以用說的嗎？」

爸爸把氧氣罩扯下，我把耳朵湊過去。那是爸爸竭盡力氣對我說的最後一句話。

「讓我睡一下好了，睡醒，再說。」

我向醫生複述爸爸的話，心裡依然盼望，爸爸真的只是想睡一下而已。他這陣子太累了，都沒睡好，睡醒了，他就會判斷要不要插管。

更說不定，睡醒後一切都好了，連插管也不用。

或者根本是我在睡覺，醒了才發現這只是一場噩夢？

自欺欺人的同時，我隱隱意識到爸爸已經做了決定。

孝順的叔叔們與爸爸當年輪流照顧奶奶好幾年，其間承受的身心負荷，爸爸一定很清楚。他不想成為我們的負擔，希望全家趕快回到正常生活，我趕快回德國完成學業。就算面臨這麼大的關卡，老爸的思維還是始終如一。

但爸爸真的累到忘了，從他生病的那天起——我們就失去那份溫暖平淡的「正常生活」了。

「這樣啊……我們還有份急救放棄同意書，是有關電擊跟CPR的。這份如果不簽，遇到緊急狀況時，我們會立刻執行急救，對已經決定不插管的病人……是多餘的痛苦。」

我看著這張同意書。從小到大，只有爸爸幫我簽名，簽聯絡簿、簽成績單、簽出國役男家長同意書，沒想到我第一次替他簽名，竟然會是在這種處境之下。

「如果能夠在睡夢中靜靜地離開，那也是種福氣。」在爸爸被送進急診室加護病房時，忘了是誰在我耳邊留下這句話。

加護病房不允許探病，我們一次兩人輪流進去看了爸爸，護士便要我們大多數人回去休息。

「請留一兩位家屬在這邊，今天晚上是危險期，有狀況我們需要立刻通知。」

一向腸胃不好的我，此刻肚子痛得像當年吃壞東西送急診，不時抱著肚子蹲在地上。不同的是，當年有爸爸在旁邊陪著我，但現在爸爸被隔離在加護病房的雙層鐵門後，孤獨地跟病魔搏鬥。

決定好誰留下之後，我和二姊又回到加護病房向護士確認，請她危急時要再問爸爸一次，要不要插管。我們還抱著一絲希望。

「可能有點困難，通常危急時病人都失去意識了，沒辦法回答。而且說實在的，那時候再插管也太晚了，伯伯現在意識就有點模糊了。」

我們和護士一邊講著，一邊又走到爸爸的病床前。護士輕輕喊著「賴伯伯」，只見爸爸的眼睛微微眨動。

難道這是爸爸現在唯一能跟外界溝通的方法嗎？

就在這時候，我瞄見儀器上一直居高不下的心跳指數，慢慢地開始下降。來了……

護士趕緊要姊姊出去請其他家人進來。

床邊，只留下我陪著爸爸。

一瞬間，一股巨大的無力感從我心底竄起。我眼睜睜看著這一切即將發生，卻任何事也做不了，甚至連哭的能力也喪失了。

我到底在幹什麼？

原來，這就是真正的絕望。

我只能靜靜地拉著爸爸的手，陪他走完最後一段路。

耳邊響起心跳過低的警報聲，這聲音不知道在電影裡聽過多少次，每次聽起來都像是鬧鐘一樣毫不稀奇。但此時才發現，它竟能如此刺耳。

彷彿是警報聲引起的，爸爸的胸口起伏愈來愈大，忽然，他長吐了一口氣——

警報器不響了。

爸爸也不喘了。

「聽覺是最後消失的感官，你們還可以趁現在快跟父親多說點話。」

護士對圍在病床邊的我們說著，大家輪流向爸爸說了些話。

我說了些什麼不重要，因為那一句，或許我甚至從來沒對爸爸說過的話，他再也聽不到了——

「爸爸，我愛你。」

告別式

「睡飽了喔。看看現在都幾點了，你這樣晚上失眠又熬夜，隔天晚起，惡性循環。講了你們都不聽，講多了又要說我嘮叨……」

告別式在白天結束，原本不怎麼覺得累，回家後心血來潮，躺在已經一個多月沒人睡過的爸爸的床上，小小放鬆一下的念頭才剛起，整個人就陷入莫名深沉的昏迷中，不知不覺從五點睡到七點半。在這種時間睡著，以往鐵定被罵慘了。

睜開眼睛，家裡一片漆黑，風莫名地大，呼嚕呼嚕從窗外灌進來，似乎怕家裡突然變得冷清，於是賣力地敲響玻璃。瞳孔自動調整好收光量後，我才看清楚周圍的一切。白天在墓園也是這樣，捧著爸爸的骨灰晉塔，四周先是一陣黑，接著眼前像是看到幾條發光的蝌蚪在飛舞，飛啊飛啊，漸漸消失了，叔叔建好的臨時家族靈骨塔，這時才出現在眼前。

「這裡就是你以後要住的地方了。搶頭香的下場難免會有點孤單，不過別擔心，

早晚這裡會住滿人的。」我在心裡默默跟爸爸說著。回頭看看跟著走進來的叔叔，我猜他也有一樣的想法。

我們都會進來陪你的，只是時間先後的問題。

一陣又一陣的風抄起燃燒紙錢化出的白煙，灑向全身漆黑的我們。沒有人閃避，任憑煙霧薰下兩行清淚。秋老虎的天空，幾朵白雲輕輕蓋在遠端的山頂上，雲底被陽光繡上金黃色的鑲邊。墓園裡靜悄悄的，只有紙錢焚燒時，那微量水分造成的聲響。

啪滋，啪滋。

不知道爸爸火化時是否也發出這樣的聲響。

和其他傳統或破舊的火葬場相比，第二殯儀館的火葬場看起來很科技化。十幾個火葬爐分成兩列一字排開，家屬只能站在戶外門口，像小時候參觀食品工廠生產線一樣遠遠看著，然後跪在地上，奮力大吼，叫離開的親人趕快跑，不要被燒著了。

我們都知道人已經走了，按照宗教解說，魂魄會繞著牌位，跟軀體毫無關係。那麼這樣地喊，究竟是要提醒誰去做什麼呢？抑或，這樣的習俗只是為了讓被留下的家屬，可以藉著最後一次大喊，宣洩對親人的眷戀與不捨？

一早的告別式上，司儀遞來的公祭單攤放在桌前，我心裡想著怎樣才是爸爸想要的順序。先大學同學吧，那是一起度過輕狂歲月的夥伴。再來是第一屆的學生，最常聽爸爸提起的就是他們了。那時爸爸還很年輕，在鄉下小學接下了這班學生，帶著他們週間念書、週末玩耍，建立了遠比一般師生要深厚許多的感情。

幾週前，我從爸爸的記事本裡找出其中一位叔叔的電話號碼，向他告知這個噩耗。起先他還以為我是詐騙集團，狠狠罵了我幾句：「你這傢伙很沒良心吔，講那什麼不吉利的瘋話，開這種玩笑。」

「我不會拿我爸爸開玩笑的。」

聽完我語帶哽咽地把前後經過交代清楚，他在電話的另一端痛哭失聲：「你不要騙我！你爸爸對我來說也像是爸爸啊！我一直都把他當我的爸爸在看！」

二十幾個學生對級任老師的照片敬禮，最後一堂的下課鐘寂靜無聲地響起。有些人先前早已來上過香了，好幾張熟面孔。

「家屬答禮。」

低頭向他們致敬，我好想多了解他們跟爸爸當年相處的那段回憶，好想和每位訪客一起坐下來，仔細聽他們訴說是怎麼認識爸爸的，在他們眼中，爸爸又是個怎樣的人。

。。。

一直到最後，我們都沒有好好珍惜與你相處的日子。等到你離開後，才發現那些時光竟然如此重要。只能低頭尋找你留下的碎片，試圖拼湊出你的影子。

孝順爺爺、奶奶，皮夾裡一直放著他們照片的爸爸。

有潔癖，一天要跪在地上擦兩次地板，卻又很疼我們家小狗估米的爸爸。

爬山時會站在夕陽下休息，讓山間微風吹乾濕透汗衫的爸爸。

總是開車開半天到一個地方拍兩張照片、或是吃頓飯就回來的爸爸。

煮了一大鍋稀飯，深夜開著老別克去山上一處一處餵流浪狗的爸爸。

坐在書桌前，攤開四五本字典跟古書在編字典的爸爸。

坐在沙發上，疊一張紙在書頁，再透過玻璃桌下打的燈光描繪數學圖案的爸爸。

睡前躺在客廳地板上，頭枕著板凳看新聞，忍不住臧否時事的爸爸。

高中三年來，每天清晨六點送我上學的爸爸。

一起下象棋、打俄羅斯方塊的爸爸。

責怪我東西亂丟，又愛偷藏我手錶和鑰匙的爸爸。

偶爾聽到我課業上有小小成就便開心得不得了的爸爸。
逢人就誇兒子，讓我養成跟長輩見面時都在等著被讚美的爸爸。
愛幫我出主意，每次都用「叫你看《戰國策》你不聽」當開頭的爸爸。
不論我幾點回來，不論他在做什麼事，都會抬起頭來問我吃飽沒的爸爸。
視訊裡，笑容被定格的爸爸。
總是想要留下些什麼給後人的爸爸。
一輩子奉獻給家裡的爸爸。
一直很辛苦過日子的爸爸。

今後跟爸爸的回憶不會再增加了。

。。。

「你知不知道你們很幸福啊？」
「啊，幸福在哪裡？動不動就被罵。每天要做家事，做完還要被抽查，看個綜藝節目也會被唸沒水準浪費時間，更別提考試考不好有多慘了。」

「你還敢說啊，我把一切都奉獻給家裡了，你看過我有什麼休閒娛樂嗎？每天早上起來就是做家事，做完都快十點了，字典寫一兩個字又要吃中飯。下午小睏一下，起床後去爬山運動，晚上吃飽飯又要做家事，接下來還有什麼時間工作？都沒了。以前你上學我還每天接送。唉，公道一點，有這種老爸不算幸福嗎？」

「我倒寧願你不要付出這麼多，開開心心過日子，這樣才算幸福。什麼字典跟數學都放下，好好享受生活。都五十幾歲了，人生在世何必淨日這麼辛苦地過呢？」

「好啊，那我以後就過我自己的日子，像個閒雲野鶴，不關心你們，到時候可不要怪我。」

「你能開心就好。」

「唉，等到我真的那樣做了，你們才會知道以前有我疼你們多幸福。」

那，你現在過得好嗎？開心嗎？爸爸。

再見，爸爸

爸爸離開後……

你不只一次夢見他回來。

有時候，夢中的你清楚知道他生病的事實，但不知道他已離開，因此你驚喜他怎麼突然康復了。

有時候，夢中的你什麼都不知道，什麼也都沒發生過，你們一如往常地在客廳裡聊天。

也有時候，你什麼都知道，因此在夢裡哭著罵他拋下你們，而他也很傷心地告訴你：「爸爸不是故意的。」

然而不管是什麼樣的夢，日子久了，漸漸地，醒來時你都會帶著微笑。

你很開心又能夠見到爸爸一面。

同時，你也訝異自己的願望竟然萎縮到這麼小。

但你不敢在醒著時，幻想他還在會是什麼樣子。

應該說你失敗過，所以不敢再嘗試。

你曾經從實驗室回家，在公車上想像這週末打開Skype，就能看到他定格的笑容，解析度過低造成的塊狀效果，會讓他的皺紋消失不見。但畫面還沒開始移動，你的眼淚已不自禁地掉下。你感到一陣暈眩，像小時候暈車一樣。於是你提前下車，沿著鐵路旁人煙稀少的地方走著，像電影裡的主角用手對著臉猛搧，慢慢平復情緒。

回德國繼續學業之後，每週末你都會去慢跑，這是醫生囑咐的功課：「你們家族的肺功能都比較不好，要多運動保養。」

那天已經是秋末了，太陽彷彿想趁冬天來臨前豁盡最後的氣力，在金黃落葉上鋪滿了一層睽違、溫暖的陽光。你踏著高過腳踝的落葉規律地沿著公園步道跑，腳下傳來葉子被踩碎時發出的窸窣聲響。

第二圈進入最難熬的撞牆期，你心跳加速、開始喘氣，想起爸爸在最後一個月時，每天都用這樣的頻率，努力地把氧氣吸進肺裡。

「他的心跳這麼快，就是表示……」

耳邊傳來醫生在急診室裡的聲音，你把視線往前放，深怕轉頭會看到爸爸插著管子躺在病床上的模樣。

「心跳如果開始下降……」

你加快速度往前跑，彷彿現在體內的心臟是爸爸的，你捧著它，努力讓它維持跳動，你不能也不准它慢下來。

三圈跑完後，你深深吸了口氣，拖著散發熱氣的身子漫步，運動完的腦內啡讓你心情舒緩許多。

忽然，你決定閉起眼睛，想像爸爸此刻就在身邊，像以前爬山時，你先三步併作兩步登頂了，爸爸趕上來之後，父子倆肩並肩地聊天……

「最近研究做得怎樣呢？」

「嗯，一切都很順利。雖然離開了三個月，但是就像看民視或三立連續劇一樣，一個廣告後，馬上就進入狀況了。德國人的步調真是有夠慢。」

你揮揮手輕描淡寫說完這句話，爸爸抖著肩膀笑起來。

「臭小子，這麼狂妄。」

「出國人不打誑語，哈哈。不過少個人可以跟我聊天，台北家裡也少個人做家事，連狗都少個人可以討肉吃，還是有點不習慣。」

你頓了頓——

「偶爾有一點點寂寞。」

爸爸歪著頭想了一想。

「只有一點寂寞嗎？不只吧？是誰動不動就在寫東西給我，還在路邊偷哭，跟姑娘家一樣？我以為好不容易生了個兒子，想不到最後還是四個女兒。」

聽到爸爸的挖苦，你回嘴說：「說到這個我才有氣，是誰一直說要用他那套趣味數學教育孫子，還說自己國文也很好，要我直接把孫子交給他帶？」

「是啊，我是說過要讓我孫子比我兒子還優秀。」

「如果你能，表示我基因好，如果不能，就表示你把他教壞了。」

睽違已久的鬥嘴，讓已經微微暈暗的秋天夕陽增添了幾分光亮。

過了一會兒，爸爸說：「很好，就是要這樣提起精神過日子，不可以被挫折打敗。『離開』是我給你的最後一個考驗。」

「竟然用這種說法，真狡猾。」

你們兩個又笑了起來。

爸爸低著頭看地上的樹葉，他走過的地方，聽不見樹葉被磨碎的聲音，他像霧一般地存在，你彷彿可以透過他看見湖面上樹的倒影。

爸爸忽然放慢語調——

「爸爸對你很放心。」

「你長大了，很好。爸爸教的你也學會了，甚至很多事情做得都比我好，我很欣慰。」

「今後爸爸不能在你身邊陪著你走接下來的路了。雖然我相信你沒什麼問題，但我還是嘮叨點提醒你。」

「你要記得，關於我的回憶你會逐漸淡忘，哪怕你多努力去記憶，人終究是無法跟時間對抗。起先你會每天想起，三不五時還會想點個香祭拜我。幾個月後頻率降低，終於幾年後，可能只有在重要的節日，或是我的生日，你才會想起我（搞不好這也會忘記）。」

「當然，你可能會在低潮無助時自問：『如果是爸爸會怎麼做？』」

「或是在功成名就時，心裡的角落出現一個聲音：『如果爸爸能看到就好了。』」

「你依然會記得我們曾坐在哪裡講過什麼話，但是那場景已經像送進博物館陳列，變得冰冷而生疏。你會遇到你未來的另一半（可惜沒有經過我的鑑定），跟她組成另一個家庭（記得不要讓你媽媽一個人住）。那時候你將會像我當年一樣，在需要你的人面前挺起胸膛，讓他們有所依靠。」

「你再也不會在公車上想到我時放聲大哭，你可以笑笑地跟你的孩子們分享當年你和我的回憶。他們就像你小時候一樣，不能感受到你若無其事講出的這些回憶有多麼珍貴、多麼令人心疼，因為他們還沒有遭遇過失去的痛苦。」

「而你，走著我走過的路，一面獨自努力向前邁進，一面回首看，那時你會更了解我。偶爾你會發出感嘆：『啊，原來當初爸爸是這個用意，是這樣的心情啊。』」

「然後，等到你也老去，關於我的回憶才會漸漸又清晰起來，彷彿退冰——因為那時候你將知道，我們父子又可以再相會了。」

好像是因為太久沒講話，爸爸一口氣說了好多。

你想說些什麼，又怕一開口就會潰堤的情緒，不小心把爸爸給沖走。

「我，會努力，然後什麼都做得比你好一點。」

你像擠牙膏似地，努力把這幾個字的音發出來。

爸爸瞪大了眼睛，擺出個誇張的笑容摸摸你的頭，那是你最熟悉的笑容。

一陣風迎面吹來，彷彿帶著爸爸身上的味道，你感覺到一股溫暖。爸爸說——

「好，我會好好看著的。在那邊，我也不會輸給你喔。」

。。。

我曾經奢望一家人能永遠守候在一起，不會分開。
奈何，人生一世，草生一秋，聚散離合，才是真正的「不變」。
但在那殘酷的「不變」背後，草下有根，年年抽新芽。
心裡有記憶，離開的人永遠在那兒活著，陪伴你。
我終於明白，與生命中最重要的人，永遠不會分離。

接棒

十五年後……

我從來沒想過，自己的人生也能像影集過場那樣，簡單幾個字就帶過漫長的一段時光。這麼多年來，我與珮妤結婚、建立家庭，有了君君、悅悅，以及短暫卻永遠是我們家一份子的樂樂，還從零開始，與珮妤攜手創辦了「數感實驗室」。我過著再日常不過的生活，每天為各種事情困擾、開心、忙碌。

老爸的身影似乎逐漸淡去，但也可能是換了一種形式，繼續影響著我，也影響著更多人。

。。。

爸爸離開後，我準備返回德國繼續完成學業，啟程前挑了幾本爸爸書櫃上的趣味數學書，覺得可以在飛機上打發時間，搞清楚到底數學科普跟我以前學的工程數學有什麼差別。沒想到這個決定讓我在飛機上邊讀邊哭。

「這是什麼很感人的小說嗎？什麼！竟然有數學公式跟圖表！」旁邊乘客如果好奇偷瞄我的書，一定會覺得非常莫名其妙。

隨身帶來的趣味數學書不但沒辦法逗我發笑，反而讓我哭個不停。但如果陌生人仔細看，會看見在印刷字體之外，書的空白處還有許多淡淡的鉛筆字跡，那是老爸不想破壞書籍，卻又忍不住留下的短評。有些標注著他覺得可以變成教學內容的地方，有些寫著他覺得可以跟哪一本書呼應，有些是讓他大開眼界以致留下幾句讚嘆的話。

我像童話故事裡在森林迷路的小孩，在書本裡尋找著麵包屑。雖然找不著歸路回去那個有老爸的生活，但至少可以找到一些老爸的蹤影，彷彿穿越時空和他繼續對話，一起坐在沙發上讀書。

說來不好意思，想再和老爸一起讀書，正是我從事數學科普最早的初衷。然而，當我像考古學家那樣翻遍老爸放在家裡的數學書，卻在不知不覺間克服了靜摩擦力，感受到「老爸想推廣的數學，真的跟我以前念書時學到的數學不太一樣」，也漸漸了解為什麼老爸想到處分享、讓更多人知道數學的樂趣。

但老實講，起先我對老爸的夢想並不是很在意。

對於完全不懂電機的老爸而言，我的研究內容跟《開羅早報》沒兩樣，他一個字也不懂。但老爸依然很認真地要我解釋最近在做些什麼，再努力用他的話重複一次，確認自己真的了解。

相反地，每當老爸偶爾提到自己的數學與字典計畫有所進展時：「上次我去那個國小演講，台下校長聽到都忘記去開另一個會了。」

我的反應通常是：「哦喲！這麼厲害。還是……校長不想開會，故意找藉口啊。」儘管嘴上不鬆口，但我的確是發自內心跟著老爸高興，不過純粹是因為看到老爸很開心。如果老爸說的是：「上次我去鄰居家打麻將，連七拉七，贏到鄰居的臉都比他家窗簾還綠了。」我的反應應該不會有太大差別。

對我來說，重點不是老爸做了些什麼，而是他快不快樂。

做投影片不是因為我對數學有興趣，而是想聽老爸事後回來，眉飛色舞地講起投影片造成多大迴響，多少老師想跟他要檔案。最後一個月陪老爸四處演講，更不是想推廣趣味數學教育，而是怕這位走都走不動的大叔，一個人在外面出了什麼事。我那時候甚至有點討厭趣味數學，看著老爸那麼辛苦，真是一點都不趣味。

不管數學或字典，對我來說都是巨大到無法想像的工程，總是以自顧不暇為理由，不肯多花心思在內容上。

另一個理由就難以啟齒了。

老爸不只一次跟我提過，有時候他去演講，會遇到一些數學系出身的老師或教授，瞧不起他的東西，讓老爸很傷心。

我能了解雙方的心情，某種程度上，甚至更能體會批評老爸的老師們的心態。倘若有非本科出身的人，跑來跟我宣傳他對通訊晶片的研究成果，我鐵定會先入為主地把他的話大打折扣。就算知道這種成見不對，也很難徹底根除。

從前若有朋友聽到我說老爸在寫字典，露出不可思議的表情，我會有點害臊，甚至有幾次為了怕尷尬，趕緊撇清似地說：「很瘋狂吧，我也不知道我老爸在幹嘛。好像有點扯喔，不過他爽就好。」這樣在背後對老爸的理想說三道四，真是過分。

或許我心裡怎麼想的，都瞞不過老爸的眼睛。他有陣子常常跟我提到：「我想完成的理想都很大，沒弄出來，別人會覺得我在說大話。所以我真的很希望做好，有些具體的成果，才不會口說無憑……」

講那些話時，老爸眼睛看著前方，我以為他是在凝望迷霧中的未來，卻沒想過老爸也許是怕直接對著我說，我會猜到他是在指我。

老爸在最後一場演講中曾經說到：「我參加過一場婚禮，有人問我的職業，一聽說我是老師，就從大學一路問下去。知道我是國小老師後，他低頭轉了轉杯子，找機會離開了。」

的確，總是頂著名校光環的我早已習慣於名聲的好處，根本沒想過老爸這些年來，是以一名基層退休老師的身分，獨自在推動這一切。儘管後來多了個「永真教育基金會常務董事」的頭銜，老爸也很少主動使用。

這個社會已經習慣用頭銜來判斷一個人，我們拚老命只是為了在履歷上多加幾行字，讓名片上的頭銜欄位更長一點、更多一些，卻忘了能力和身分地位並不能完全畫上等號，遑論德性。

老媽說過，老爸每次去小學演講，不管再遠的地方，都會跑兩趟。第一趟先去向對方的校長與主任報告演講內容，第二趟才是面對真正的聽眾，包括老師或學生。

「第一趟談的內容，用電話講也行啊，幹嘛一定得坐車好幾個小時，親自到場呢。有時人家忙，講不到一小時就結束了，真是浪費時間。」偶爾陪老爸一起出門的老媽搖頭說著。

「你要有誠意，也要讓人家知道你真的有本事，才會心甘情願替你規劃演講。」

或許，靠著努力突破成見封鎖的老爸，反過來也不希望別人因為他過往的功績，對他產生另一種成見，哪怕是有利的。

隨著老爸的推廣逐漸開花結果，台中科博館的研習營、台北科教館的全台巡迴講座都很成功。聽說在苗栗演講完，縣長還邀他一起吃飯。老爸也連續兩年代表去大陸參加數學教育論壇。那時我才真的相信，老爸每天像雕像一樣坐著，不停閱讀與思考，真的設計出一些特別的東西。

最後一個月，陪著老爸去推廣，幾次看到老師們的反應及老爸引導講解的功力，才認識到老爸從來沒在我面前拿出來的真功夫，當下慚愧地知道自己錯了。一直以為能在國際會議上講解寫滿希臘符號公式的我才是數學專業，老爸得來向我請教，但其實老爸擅長與推廣的，不是數學，而是教育，是一套更能幫助孩子吸收、對數學產生興趣的方法。

我不能理解老爸的研究，是因為我並非受教的國小學生，也不是施教的老師。說穿了，我才真的是門外漢。

老爸離開後，新聞報導刊登出來，很多人寫信給我。其中有一位老師這麼寫著：

很難想像我所遇到的溫文儒雅、風趣幽默的數學大師，就這樣消失。

九十七年的春節，令尊帶著令堂特地南下，和素昧平生的我談論兩個多小時的數學教育。如今，我要到經費了，承諾要當我軍師的令尊卻長眠了。賴老師的 idea 還在我的筆記本上，我答應常董要完成數學步道。

有這麼多時間陪初次見面的老師討論數學教育，卻婉拒了縣長邀約的飯局。這就是老爸吧。

看到那麼多來信索取老爸的教材，那麼多來信讚揚老爸對教育的付出，那麼多來信告訴我在難過之餘要挺起胸膛，為自己擁有這樣的父親感到驕傲。門外漢的我許下心願，希望追隨老爸的腳步，跟他一起完成那些約定好卻還沒實現的巡迴演講、那些他念茲在茲的理想。

那不再是老爸一個人的願望，也是我的夢想。

。。。

決定追隨老爸的腳步，從事數學科普推廣後，我同時嘗試寫作與教學。寫作是我的興趣，教學是老爸的夢想，既然要延續老爸當年做的事，當然得嘗試教學。而且，不過就是教書，我在台下聽書聽了二十幾年，也有助教跟家教的經驗——應該不會太難吧。

我打電話給資優班老師，想請教一些教學祕訣，沒想到先被潑了一桶冷水。

「我勸你最好再考慮看看。」

「啊？」

「你是不是學東西時，常常覺得很簡單？」

我默默在電話另一端點點頭。

「所以你不會知道別人哪裡不懂，你的階梯太大了，別人不一定跨得過。」

我一方面覺得被讚美，有些飄飄然，一方面又覺得老師的說法太武斷。「知道別人不知道什麼」，這有什麼難。但我腦海裡已經浮現以前求學時教別人的畫面……「你哪裡不懂？」「就這樣算啊！」「為什麼會不懂？」

嗯，先暫時忘掉這些畫面，我可以做到的。

我抱著姑且一試的心情，跟一位當老師的朋友借一節課來試教。結果人生第一次站在講台上，就是最慘烈的一堂課。全班近三十位同學，我只能跟少數幾位（成績最好的）同學互動。想睡覺的我叫不醒，好多人只願意讓我看天靈蓋，不願意和我有眼神交集。我這才知道原來資優班老師說的沒錯。教育是高度專業的一件事，不是站上講台動動嘴，把想講的內容說出來就好。

我決定暫緩教學，先從演講開始，於是接了許多演講，卻同樣挫敗，只能從多次的經驗中慢慢學習、成長。

記得有一次我去某間小學對老師演講，結果因為太緊張，兩小時的演講一小時就背完了。我沒說錯，我提早一個小時就講完，而且是用背的。因為我自覺無法在一群老師面前信手拈來侃侃而談，所以演講都是用背的。一秒三個字，一分鐘一百八十個字，一小時一萬零八百個字，兩小時也就兩萬多字。不會太難。

沒想到我現場講話速度太快，又因為觀眾對某幾頁內容的反應不如預期，於是趕快跳過，結果才一小時就把講稿說完了。再仔細想想，那麼快的語速根本沒人聽得懂。我整個背都濕掉，尷尬得不得了。

「賴博士很厲害喔。你們可能覺得很奇怪，一位電機博士幹嘛跑來教數學……」主持的老師站起來替我解圍，聊起我跟老爸的事情，講廳裡的氛圍變得柔和，慢慢有了互動。原來不管是演講或教學，知識傳遞固然很重要，但對象不是冷冰冰的電腦、不是程式語言，相較於把講稿潤到最清楚然後背起來，觀察台下聽眾和學生的反應，適時調整講話的節奏、內容，才是更重要的事。

我從每次的演講教學經驗中，學習如何與大眾溝通及如何做教育。雖然有進展，但跟寫作比起來還是差得遠。當時我已經有穩定的專欄，也出版過一些著作，但距離能夠教學還是有很遠的路得走。

一直到認識我的太太珮妤，一切才有所改變。

。。。

「那我從微軟辭職吧。」在北投知名賞櫻景點的道路上，珮妤這樣跟我說。我停格了幾秒，有點不知道該說什麼。珮妤是國立臺灣師範大學的畢業生，對教育比我了解得多，又很擅長組織、辦理活動。如果兩人一起努力，或許真的能從數學科普走向數學教育，更接近當年老爸想像的趣味數學教育啟蒙。

「這不是爸爸想做的嗎？也是你想做的？」

珮妤講得理所當然，但我清楚就算是夫妻，每個人都值得擁有各自的人生目標，不需要遷就配合。我們討論了好一陣子，最後就像你知道的，我們一起成立了「數感實驗室」，這是我們共同孕育的第一個孩子，甚至連樂樂都要叫一聲大哥（或大姊）。

之後，我開始撰寫以分鐘為單位的教案，用家裡的電視接上筆電試著教學，而且每次都要寫好幾個版本，因為我一開始真的無法臨場應變，只能先試想不同的反應，再針對各種反應調整教案。珮妤則扮演嚴厲的資深老師，給我各種建議跟指導。我們的課程包含大量的動手做，每次上課都得載一兩箱教材到教室。上課時，我站在台前，珮好在教室後面準備教材，同時觀課。

「你剛剛那邊講得很不清楚，和上次一樣。」

下課後，把教材搬回車上，即使已經呈現虛脫狀態，還是得一邊開車一邊繼續開檢討會，只為了下次能有更好的上課品質。

漸漸地，數感實驗室得到愈來愈多家長的認同。幾年間，君君、悅悅陸續來報到。當悅悅大一點時，數感實驗室成為臺師大的衍生教育新創公司，我們開始邀請更多夥伴加入，和他們從工作同事變成朋友。這幾年來，我們做過各種嘗試，想辦法兼顧理念與現實，讓更多孩子看見數學的好用、好玩、好學。

在這本書出版的同時，每年光是暑假，就有超過兩千位孩子來到數感實驗室的營隊，和我們一起體驗數學的樂趣。營隊地點遍布台北、新竹、台中、台南、高雄。我們還有巡迴全台灣的數學展覽，累計超過有十四萬人次參觀，數感實驗室粉絲頁的追蹤人數，更已超過十二萬。如今，數感實驗室已經是廣為人知的教育品牌，更從數學連結到科技普及教育，讓孩子們深入淺出地認識通信、人工智慧、ＩＣ設計等尖端科技，某種程度也算是繞了一圈，又回到我的電機背景。關於數感實驗室還有很多可說的，也還有很多可努力的事。或許以後有機會再跟大家聊聊。

回想這一路走來的歷程，真的是千迴百轉。

偶爾，當一個人走在路上思索問題時，心中還是會浮起爸爸的身影。

「爸爸，我問你喔……」

「要說請。」

常駐在我大腦裡的大型老爸語言模型，總是能精準地生成老爸的回答。多半時候，老爸跟我的想法一致。但有些時候，當我想便宜行事，或想鑽牛角尖時，他還是會叮嚀我，這恐怕不是好主意。

從不在意老爸的夢想，到理解老爸的願望，再到追隨老爸的腳步，我們父子間的情分扎得如此之深。就像大樹旁的小樹苗逐漸長大，當大樹倒下，眼下的庇蔭或許不再，但土地底下千絲盤結的樹根，卻早已把養分送給小苗，讓小苗隨著露出的陽光成長。或許當老爸用鉛筆在數學書上寫下心得的瞬間，早已注定我會延續他的數學科普之路。

我很幸運遇到珮妤，遇到數感實驗室的更多夥伴。如今，數學科普不再只是老爸的夢想與目標，而是我們整個團隊一起追求的方向。

後記

我生命中的樂透大獎

很高興能寫一本和爸爸之間相處的回憶錄。更高興這本在十幾年前出版過的書，能以全新的面貌再與讀者相見。

很多事終究會被淡忘，但這本書就像顆時空膠囊，讓我把腦袋裡的暫存記憶取出來，存好。這顆膠囊不埋在樹下，而是放進書裡；它沒有記載著什麼了不起的大事，但翻開它，我能重溫生命中難忘的平凡片段，更在多年後讓我可重新回味。除此之外，也希望我們父子間的情感能發揮小小的力量，讓大家從中找到一些屬於自己的感受或啟發。

雖然是理工背景，但受到文人父親的影響，我一直喜歡寫作。而原本在編撰字典的老爸，卻在我長大之後改行投入數學教育。這也算是某種程度上的角色對調吧。但更沒想到的是，最後我又繼承了爸爸的夢想，從事數學教育，這下子也算是父子合一了吧。

爸爸生病那最後一個月，常常跟我說他一整天沒辦法專心做事，都在看我的網誌消遣，不知道那時癌細胞已在蠢蠢欲動的我，還很高興爸爸難得不認真，要他指導我寫作，對他吐露我的夢想。

想不到後來爸爸生病了。也想不到，一篇當初想讓爸爸開心、想讓他專心養病的採訪報導，意外引起迴響，間接促成這本書的問世。連不經意提起的寫作願望，也因為爸爸的關係而實現。真是太感謝了。

寫這本書之前，我總以為我們是一對再普通不過的父子——和所有人一樣，我只有他一個爸爸，他也只有我一個兒子。雖然父子關係沒辦法進行嘗試或和別人比較，然而反芻回憶才發現，我們這對父子相處的時間，比起一般家庭的確要多上許多。當然，這是心思細膩的爸爸刻意經營的成果。

家人是你不能選擇卻又最親密的人，我很幸運地像買樂透一樣，中了一個最適合我的爸爸。

既然都到〈後記〉了，各位再看不下去，也只剩出版日期和價格，不妨就讓我盡情恭維爸爸一番吧。

長大後，我發現爸爸更了不起的是，在他年輕正準備展翅高飛時，因為家裡遭逢巨大轉變——爺爺過世，我們幾個小孩相繼出生，爸爸選擇放棄夢想，將重心挪回家庭。後來，雖然口口聲聲說退休是為了專心寫字典，但爸爸絕大多數時間都消耗在家事與孩子身上。

「莫被家常銷慧骨。」爸爸偶爾會吐露這樣的怨嘆，但他總是放不下這個家，放不下子女。小時候我把這樣的決定視為理所當然，甚至還有幾分羨慕別人的父親都在外奔波，而我家這位卻像土地公一樣，每天動也不動坐在家裡。

後來，當我來到爸爸當初做決定的年紀時，才知道願意放下自己的前途、犧牲夢想來照顧家庭，真的需要很大的決心。從姊姊班導師口中「玉樹臨風」的青年才俊賴主任，到穿著汗衫在家裡擦地板煮飯、還得被我們嘲弄這麼不修邊幅的老頭子，爸爸就像是牛頓在劍橋的教授一樣，用自己的退休來造就牛頓。不同的是，那位教授退休只是拍拍屁股走人，而且已經知道牛頓是天才。但爸爸退休後還得幫我們打理家事，而我們動不動就因為表現不好、不聽話，讓爸爸氣得想把我們沖到馬桶裡。

事實上，爸爸並沒有完全放棄夢想，只是放到內心深處的地窖裡，等我們長大之後再搬出來，撣去上面的灰塵，繼續追求。我出國念書那一兩年，我們視訊時最常用來結尾的一句話都是：「好，我們父子倆一起加油。」

很可惜還來不及完成夢想，爸爸就先一步離去了。想必他有些遺憾吧。

寫這本書的另一個好處是，我從沒思考過爸爸是如何教育我，透過書寫回溯記憶，才發現以前很多不留意的地方，處處透露了爸爸的細膩，我也才知道自己是怎麼被爸爸用心雕塑成現在的模樣。我還算平坦順遂的人生，大多是爸爸一路上搶先設好路障、打好號誌燈的成果。現在輪到我自己做父親，對於爸爸那種「父為子計」的心情，體悟就更深刻了。

不過話說回來，我並不相信爸爸這麼有遠見之明，我也不是對他百依百順。事實上爸爸比較像是「用心、愛心、關心」，因此我們擁有很深的默契與互信。爸爸花了很多心思在子女身上，觀察我們的個性、需求與嗜好，我們也相信他的出發點總是為我們好，信任他的決定，而且將「看到爸爸開心」視為很重要的目標，才能發揮出父子合作無間的成果。

有點微妙反諷的是，爸爸一直嚷著將來要帶孫子，會好好教導。但我反倒是透過撰寫這本書，學到爸爸的教育方法。看來，比起任何一位努力讀到這裡（或直接翻到這裡）的讀者，我才是從本書中獲益最多的人，真是不好意思。

「有一點心得就要貢獻出來，不能自己暗爽。」這是爸爸坐在捷運新埔站附近的摩斯漢堡，跟《聯合報》記者承宇所說的話。

現在，我照著爸爸的話，把爸爸從頭到尾都貢獻出來了。

教育教養 080

爸爸，再見
我與父親的真情對話

作者 —— 賴以威
繪者 —— 張睿洋

總編輯 —— 吳佩穎
副總編輯暨責任編輯 —— 陳雅茜
封面暨美術設計 —— 趙璦

出版者 —— 遠見天下文化出版股份有限公司
創辦人 —— 高希均、王力行
遠見·天下文化事業群榮譽董事長 —— 高希均
遠見·天下文化事業群董事長 —— 王力行
天下文化社長 —— 王力行
天下文化總經理 —— 鄧瑋羚
國際事務開發部兼版權中心總監 —— 潘欣
法律顧問 —— 理律法律事務所陳長文律師
著作權顧問 —— 魏啟翔律師
社址 —— 台北市 104 松江路 93 巷 1 號 2 號
讀者服務專線 —— 02-2662-0012 ｜ 傳真 —— 02-2662-0007；02-2662-0009
電子郵件信箱 —— cwpc@cwgv.com.tw
直接郵撥帳號 —— 1326703-6 號 遠見天下文化出版股份有限公司

電腦排版 —— 趙璦
製版廠 —— 東豪印刷事業有限公司
印刷廠 —— 祥峰印刷事業有限公司
裝訂廠 —— 聿成裝訂股份有限公司
登記證 —— 局版台業字第 2517 號
總經銷 —— 大和書報圖書股份有限公司 ｜ 電話 —— 02-8990-2588
出版日期 —— 2024 年 7 月 22 日第一版第 1 次印行

定價 —— NTD 450 元
書號 —— BEP080
ISBN —— 978-626-355-867-0
EISBN —— 9786263558649（EPUB）
9786263558656（PDF）

天下文化官網 —— bookzone.cwgv.com.tw

國家圖書館出版品預行編目 (CIP) 資料

爸爸，再見：我與父親的真情對話 / 賴以威著. -- 第一版. -- 臺北市：遠見天下文化出版股份有限公司, 2024.07
面；　公分. -- (教育教養 ; 80)
ISBN 978-626-355-867-0(平裝)

863.55　　113010316